U0730865

译 者 简 介

　　董继平,重庆人,早年获得过国际加拿大研究奖(1991年),参加过美国艾奥瓦大学国际作家班(1993年),为"艾奥瓦大学荣誉作家"。译有外国诗歌及自然文学二十余部,美术及建筑画册三十余部。

欧美诗歌
典藏

特拉克尔诗选

Georg Trakl Selected Poems

董继平◎编译

黄河出版传媒集团
宁夏人民出版社

图书在版编目(CIP)数据

特拉克尔诗选 / 董继平编译.—银川:宁夏人民出版社,2011.12

(欧美诗歌典藏)

ISBN 978-7-227-05060-5

Ⅰ.①特…　Ⅱ.①董…　Ⅲ.①诗集—奥地利—现代　Ⅳ.①I521.25

中国版本图书馆 CIP 数据核字(2012)第 000130 号

欧美诗歌典藏——特拉克尔诗选　　　　　　董继平　编译

责任编辑　唐　晴　陈　晶

封面设计　项思雨

责任印制　李宗妮

黄河出版传媒集团
宁夏人民出版社　出版发行

地　　址　银川市北京东路 139 号出版大厦(750001)

网　　址　http://www.yrpubm.com

网上书店　http://www.hh-book.com

电子信箱　renminshe@yrpubm.com

邮购电话　0951-5044614

经　　销　全国新华书店

印刷装订　宁夏精捷彩色印务有限公司

开　本　720mm×980mm　1/16　　印　张　16.5　字　数　200千

印刷委托书号　(宁)0008820　　　　　印　数　5000 册

版　次　2012 年 3 月第 1 版　　　　　印　次　2012 年 3 月第 1 次印刷

书　号　ISBN 978-7-227-05060-5/I·1294

定　价　38.00 元

版权所有　翻印必究

特拉克尔：双重幻觉的诗意

Georg Trakl: A Double Poetic Vision

董继平

> 对于我，特拉克尔的诗是一种庄严而崇高存在的东西。
>
> ——雷纳·玛利亚·里尔克

在 19 世纪到 20 世纪转折之际，欧洲诗坛风起云涌。在这个不平静的年代，德语诗坛上出现了不少颇有影响的诗歌流派和优秀诗人，这些诗人或以群体展现，或卓尔不群，但他们都笔耕不辍，创作丰富。其作品沉浸在德语语言、文化和宗教传统之中，既洋溢着浪漫的诗意，也闪烁着深刻的哲理，还渗透着虔诚的宗教信仰。同时，在很多方面又张扬着独特的个性。

其中，奥地利诗人格奥尔格·特拉克尔无疑最神秘，也最富于传奇色彩。作为表现主义诗歌的先驱之一，特拉克尔与 19 世纪末的诗人有更多的联系，他深受格奥尔格、霍夫曼斯塔尔，特别是梅特林克和兰波等人的浪漫与神秘特性影响，却又独辟蹊径，发出了不同凡响的声音，从而成为奥地利哈布斯堡王朝崩溃之前的最后一位大诗人。从另一方面来说，在德语诗坛上，特拉克尔是完成从 19 世纪浪漫主义诗歌向 20 世纪表现主义诗歌过渡的一个代言人，对表现主义诗歌的发展起到了决定性的作用。尽管他像一颗流星英年早逝，却留下了很多余音绕梁的动人诗篇，在德语诗坛和世界文坛上都产生了重大影响。

在那个转折、动荡的年代，在那个奥匈帝国风雨飘摇的年代，特拉克尔始终生活在两个不可调和的对立面：他既是文学天才，又是抑郁不堪的精神病人和放荡不羁的瘾君子；在他的诗中，善与恶、美与丑，自然与社会又不离不弃，相互交织……因此可以说，他的生活、他的诗歌，都充满了双重幻觉的诗意。

天才诗人，瘾君子，抑郁者

格奥尔格·特拉克尔（Georg Trakl，1887~1914）出生于奥地利萨尔茨堡的一个中产阶级家庭，并在那里度过了他生活中最初的 18 年时光。他的父亲托比亚斯·特拉克尔（1837~1910）是一个来自匈牙利的小五金商人，凭着精明能干，他把自己的生意经营得红红火火。他的母亲玛丽娅·卡塔琳娜·哈利克（1852~1925）则是一个具有捷克血统的家庭妇女，她对艺术和音乐有着浓烈的兴趣和良好的修养，对特拉克尔的童年时代产生过一定影响。

尽管特拉克尔的父母都信奉新教，但他们还是在 1892 年把幼年的特拉克尔送进了一个天主教小学就读。1897 年，特拉克尔进入萨尔茨堡的一家人文中学，学习拉丁文、希腊文和数学。到了 13 岁，特拉克尔就开始写诗，并显示出了超凡的文学天赋。也正是在中学时代，他就开始逛妓院，喜欢对着妓女们随意地表演独白戏。15 岁时，他又开始酗酒，还沾染上了吸食鸦片、氯仿麻醉剂和其他毒品的恶习，到 1905 年他被迫退学时，已成为瘾君子。对于这一点，很多评论家都认为：他当时就患上了未能诊断出来的精神分裂症，借吸食毒品来抵抗过分的抑郁。

退学后，特拉克尔在一家药房工作了三年，并决定要做药剂师。在那段时间里，他开始尝试创作实验性剧本，但令他未能料到的是，虽然他的两个短剧——《万灵节》和《海市蜃楼》于 1906 年先后在萨尔茨堡城市剧院公演，却并不成功，这让他经历了一场创作危机，他甚至将剧本付之一炬。

1908 年，特拉克尔来到维也纳大学攻读药剂学，与当地的一些诗人、艺术家交往，在这些朋友的帮助下，他发表了一些诗作。1910 年，就在他获得药剂学学位之前，他的父亲去世了，特拉克尔一家从此家道中落。此后，特拉克尔应征入伍，过了一年经济拮据的时光。后来他回到萨尔茨堡充当公务员，但也并不成功，因此又重返军队。1912 年，特拉克尔所在的部队驻扎在因斯布鲁克，他在当地的军队医院任助理药剂师。在这里，他和一些与著名文刊《煤气灯》有联系的先锋派艺术家熟识。其中《煤气灯》的创办人路德维希·冯·费克尔更是成了他的导师、保护人和赞助者，费克尔不仅时常刊发特拉克尔的诗作，还努力为特拉克尔找到了出版诗集的出版社——德国莱比锡的库尔特·沃尔夫出版社。由于费克尔的帮助，特拉克尔的第一部诗集《诗》在 1913 年夏天出版了。1914 年 3 月，特拉克尔的第二部诗集《塞巴斯蒂安在梦中》的手稿被送往该出版社，不过，这部诗集直到他去世后才面世。不仅如此，费克尔还说服当时著名的哲学家路德维希·维特根斯坦捐献出一笔钱，资助特拉克尔专心从事创作。不过，这笔资助却因为第一次世界大战的爆发而搁浅了。

1914 年，第一次世界大战开始时，作为军医的特拉克尔随奥匈帝国军队出征，前往加利西亚（即今波兰东南部和乌克兰西南部）前线护理伤员。此时，特拉克尔已饱受抑郁症的折磨。在惨烈的格罗代克战役中，奥地利军队与沙俄军队残酷地厮杀，双方伤亡惨重，血流成河，特拉克尔不得不独自护理近百名亟待被救治的奥地利伤兵。战争残酷的景象使他精神几近崩溃，试图举枪自杀，在同伴的阻止下才未遂，但旋即他被送往波兰克拉科夫的一家军队医院观察精神状况。此时，他的精神更糟糕，于是给费克尔写信，询问忠告和建议。1914 年 10 月 25~26 日，费克尔前去探望特拉克尔——他是特拉克尔生前见到的最后一个朋友。费克尔建议特拉克尔跟哲学家维特根斯坦联系。维特根斯坦收到特拉克尔的信后，即赶往医院，却发现特拉克尔已于 11

月 3 日晚因过量吸食可卡因，引发心力衰竭而去世。

1914 年 11 月 6 日，特拉克尔被埋葬在波兰克拉科夫的拉科维策公墓。11 年后，在 1925 年 10 月 7 日，经费克尔努力，特拉克尔的遗体被迁葬到因斯布鲁克——后来费克尔去世后，也长眠在特拉克尔的旁边，与他做伴。

特拉克尔去世后，他的一些友人编纂出版了他的多部作品集。到了 20 世纪 50 年代，德国和美国文学界重新发现了特拉克尔诗歌的价值，自此后，特拉克尔的各种诗选版本盛行于欧美各国。

第一部诗集：《诗》

尽管特拉克尔很早就开始诗歌创作，但他的第一部诗集《诗》直到 1913 年才由德国莱比锡的库尔特·沃尔夫出版社正式出版。这部诗集包括 48 首诗。

从形式上来说，其中的多半诗作承袭了传统格式，每首多由 3~5 个四行一节的诗节组成，很有形式感。其中还包括了一些诗节为 4+4+3+3 的十四行诗，如《腐朽》《家园》《恶之梦》等篇。不过，集子中也不乏形式上比较自由的诗作，其诗节往往也打破了传统格式，由此不难看出，特拉克尔至少在形式上，还是一个介于传统与现代之间的人物，因此被尊为早期表现主义诗歌的代表之一。

从内容上来看，这个集子中的诗作已经比较成熟了，无论是从题材内容上，还是从手法上，都具有很强的艺术感染力。集子中的作品，根据题材的不同，可分为若干类。

首先是描写自然风景的诗作。尽管特拉克尔描写自然，但其中往往深藏着他的个人心象——蕴藏着他的对外部世界的个人情感和观点。这类作品在特拉克尔的整个创作中比重较大，其中又可细分为描写黄昏、夜晚、季节、地点等方面的作品，尤以从不同角度描写黄昏的作品为多，且颇有特色：《黄昏的忧郁》《冬天的黄昏》《暴风雨的黄昏》《黄昏的缪斯》《薄暮》《秋日黄昏》《黄昏的歌》等。而作为黄昏的自然延伸，以描写夜晚为主题的诗作在集子中也占有一定比例，如《夜的传奇》《夜曲》等。同时，描写季节的作品也不在少数：《在秋天》《变形的秋天》《秋日黄昏》《冬天》《欢乐的春天》等都是这方面的佳作，诗人从不同季节的景物中，抒发了自己的个人感受。

集子中的另一大类诗作，就是描写人物的诗。特拉克尔的人物诗既有一般人物，也有特定人物。描写一般人物的诗作如《少女》《女人的祝福》《农夫》等，其多以乡间人物为对象，农夫、农妇、挤奶少女在他的笔下栩栩如生，个性鲜明；而描写特定人物的诗作，则体现在《赫利安》等篇里面。赫利安，这个人物在特拉克尔诗里的身份，虽然研究者有过种种猜测，但是至今莫衷一是，不得而知，显得十分神秘。

当然，《诗》这部集子里面还有一些其他方面的诗作，内容涉及梦幻、宗教、音乐等，反映了诗人的个人生活经验及其对人生哲学的体验。有些作品，似乎就像是诗人与神之间的对话记录，最终成为其代表作，如《从深处》：

有一片收割后的麦茬地，飘着一场黑雨。
有一棵褐色的树，孤独地伫立在那里。
有一阵低语的风，围绕空寂的小屋。
这黄昏多么悲哀。
……

第二部诗集：《塞巴斯蒂安在梦中》

《塞巴斯蒂安在梦中》是特拉克尔第二部正式出版的诗集。1914年3月初，这部诗集的手稿便被送往库尔特·沃尔夫出版社，但直到他去世后的1915年才面世。这部诗集共有50首诗和散文诗，与1913年出版的《诗》不同的是，这部集子在结构上有所变化，共分为5个部分："塞巴斯蒂安在梦中""孤独者的秋天""死亡七唱""亡故者之歌"和"梦幻与错乱"。前面4个部分由若干首诗作组成，最后一部分"梦幻与错乱"则由单独一篇长篇散文诗构成。

作为特拉克尔最重要、最成熟的诗集，《塞巴斯蒂安在梦中》充分展示了诗人的诗艺，诗人的代表作也多半汇集在这部集子中。

形式上，诗人保持着在第一部诗集《诗》中所呈现的四行或三行诗节，但有所深化，且更为精炼。同时，其中的许多诗作的形式已有所变化，打破了传统格式，给人一种变奏感。

内容上，这部集子较之以往则有所深化与扩展。自然风景、地方、季节时令和人物的诗作异常丰富，且各具特色，反映出诗人对外部自然世界的视野与呈现，以及对个人内心世界的洞察与表现。这部集子的最大特色就是特拉克尔把秋天之美，尤其是秋天的颓败之美写到了一个极致。特拉克尔写秋天的诗本来已不少，但是在这个集子中更为集中，手法也更为细腻、成熟，这也是特拉克尔的诗歌作品的精华所在。在《秋天的灵魂》《孤独者的秋天》以及其他一些篇章中，诗人都把秋天的景色和自己对秋天的内心感受体现得淋漓尽致，并沉浸在隐约的宗教虔诚之中：

......

收获后的田野和路上

黑色的沉寂已经带来恐惧，

枝条中纯洁的天宇，

唯有小溪平静而安详地流淌。

……

正义之生命的面包和酒，

上帝，在你温和的手中

人类放下黑暗的结局，

所有罪孽和红色痛苦。

　　此外，在《塞巴斯蒂安在梦中》中，人物诗也占有一定比例。人物诗中，有些是写现实生活中的人物的，比如写男孩的《埃利斯》，写神秘男孩的《卡斯帕尔·豪塞尔之歌》，还有《被诅咒者》《流浪者》……写虚构的文学人物的《索尼娅》；更有写宗教和传说中的人物，比如写早期宗教殉道者的《塞巴斯蒂安在梦中》《阿芙拉》等篇。在特拉克尔的诗歌中，人物诗始终都是一大特色。

　　如果说特拉克尔诗歌中一年的季节多半是秋天，那么他的诗歌中一天的时间则多半是在黄昏。黄昏如此频繁地出现在他的大多数诗里，远远多于一天中的其他时段，以致当读者翻开他的诗集，难免会感到暮色在书页上漫起。可以说，黄昏成为他诗歌的重要节点。秋天和黄昏，造就了特拉克尔的忧郁。

　　这个集子中，还收入了几篇散文诗《恶的变形》《冬夜》《梦幻与错乱》。这些散文诗都写得情景交融，诗人从风景到内心，传达出了个人的精神状态，或悲伤，或痛苦，或忧郁……总之比较消极，但难掩语言的深度与广度之美，具有很强的艺术感染力。

特拉克尔遗留的诗、散文和戏剧

除了以上两部在生前正式出版的诗集，特拉克尔还有一部分诗作发表在文学刊物《煤气灯》上。《煤气灯》是奥地利因斯布鲁克的一份著名的文刊，其创办者费克尔是特拉克尔的导师、保护人和赞助者，杂志的编辑也多为诗人、作家，且都非常赏识特拉克尔，后来都与特拉克尔成为朋友，特拉克尔本人还为其中一些编辑朋友写过献诗。在特拉克尔并不太长的生命中，先后有 14 首诗作发表在这份杂志上。这 14 首诗未被收入特拉克尔正式出版的两部诗集中，因此后来特拉克尔的诗集编纂者都把它们专门提出来，成为一个单独的部分。

除了在《煤气灯》上发表作品，特拉克尔生前还在其他一些刊物上发表过一些诗作和散文。这一部分也被单独列出，成为特拉克尔作品集中的一个部分。

值得一提的是，特拉克尔去世后，留下了大量未曾发表过的诗作，多达上百首，可谓一笔丰富的遗产。1909 年，他曾把自己以前写的诗编成一个小集子，题为《1909 年的集子》，但后来他又认为这个集子中的作品没有什么价值，所以一直压在箱底，从未出版。在他未出版的诗中，还有两个部分：1910~1912 年间写的诗作和 1912~1914年间写的诗作，都是尚未来得及发表或结集出版的作品。在特拉克尔去世后，他的友人才把这一部分诗作发掘、整理出来。不过，现行的特拉克尔诗选，几乎都没选入他生前未曾发表过的作品。

除了诗歌，特拉克尔还写过一些散文、评论和戏剧。散文现存完整的有 4 篇：《梦境》《巴拉巴》《抹大拉的玛丽亚》和《荒芜》。《梦境》是一篇似真似幻的作品，现实与虚幻交织，诗人回忆了自己少年时代在一个位于山谷底部的镇子中的奇特经历：作为学校男生的他爱上了一个生病的少女玛丽娅，最终玛丽娅不幸夭折，诗人在字里行间充满了忧伤。《巴拉巴》取材于《圣经》，诗人通过对耶稣之死时的场景、人物及其对话的描写，反映出人类的愚昧及人性之恶的一面。《抹大拉的玛丽亚》同样取材于《圣经》，通过两个虚构的人物在耶路撒冷城外的对话，作者不露声色地颂扬了耶稣的行善以及对罪人的拯救。《荒芜》则是一篇幻想性作品，作者通过对一座腐朽的城堡、周边景物及其城堡中的伯爵的描写，创造出一个幻境，将其描绘得栩栩如生，这种手法为后来的超现实主义作家和诗人提供了直接的营养成分。

特拉克尔的戏剧，如今仅余一些片段而已。此外特拉克尔还留下了少量评论和不少书信，书信被后人整理后出版。

特拉克尔的诗：在秋天与腐败中生长

秋天总是古今中外文人抒写的对象。他们或歌或泣，或诵或吟，从不同的角度和心境流露出对秋天的复杂情感。在我所读过的有关秋天的诗篇中，特拉克尔笔下的秋天堪称一绝。与其他诗人不同，这位诗人把秋天的腐朽、颓败和死亡写到了近乎完美的地步。

像20世纪初的大多数知识分子一样，特拉克尔感到备受压抑，主体几乎丧失不存，个性毁灭，加之他生活放荡不羁，成了瘾君子，因此，他就更觉得现实世界充满了完全不可调和的邪恶。这些对早期资本主义世界的认识，完全表现在他写的秋天的诗作里，其数量众多，又恰好是他的代表性作品，他在其中以极高的艺术手法毫不掩饰地借景喻物，抒发个人感情：薄暮的降临，傍晚的忧郁，死亡的临近等，都充满对自然界和人类社会的双重幻觉，具有很强的艺术感染力，比如在《玫瑰经赞美诗·给妹妹》一诗里：

你散步之处变成秋天和黄昏，
蓝色的鹿子，在树下歌唱，
黄昏时孤独的水塘。

鸟儿的飞翔轻柔地鸣响，
你额头上的悲伤。
你稀薄的笑容歌唱。

上帝扭曲了你的眼睑。
受难节的孩子，
群星在夜里寻找你眉额的拱门。

其中，他把个人的感情和自然景色融为一体，在静态中蕴藏自己深沉的悲哀，视觉效果贴切，易于读者接受。

他最有名的代表作《恶的变形》是一首以散文体写成的诗，其中更深远地呈现了诗人心目中的秋天，反映得更加细腻、深刻，还写出了秋天的对立面：

秋天：森林边缘的黑色脚步，无言的毁灭时刻，麻风病人的额头在光秃的树木下窃听。久逝的黄昏如今沉落在长满青苔的阶梯上，十一月。一口钟鸣响，牧人把一群黑色和红色的马引进村里……一个死者拜访你。自我溢洒的血从心里流出来，在那个黑色眉毛上，巢居着难以形容的时刻，隐秘的相遇。你——一轮紫色的月亮，出现在橄榄树的绿色影子里。永恒的夜追随他。

特拉克尔的秋天，在如今看来，几乎都是负面性的。他主要描写秋天的衰微、腐朽和颓败，这与他的基督教原罪观有关，因而他的诗中有一种末日感和负罪感。他也试图摆脱这个的现实，他既把自己的诗看成"该诅咒的时代影像"，又把它看做是罪恶世界的"某种不尽完善的补偿"。所以，在他的诗里，丑与美、善与恶往往相互结合，彼此转化，有时甚至合而为一。儿童的纯洁与成年人的罪恶，未来的美好与现实的丑恶，同时出现在他的诗中。而这些观念在他的那个时代里，并不是人人都能接受的，就当时来说是比较"超前"的。

从另一个方面来说，他的这种描写方式只是手段，而他的目的则是要揭示他所处的世界的堕落及其对人的束缚和毁灭，因此，以秋天作为喻体，是极为合适的。他的作品的这一特性，决定了在1945年第二次世界大战结束后，它们在德语国家乃至整个世界都受到普遍关注，因为他的诗中所体现的那种情感非常符合当时人们的心情——而正是这位诗人早在数十年前就准确地预见到了。就这个层面来说，诗人不啻为预言家和先知。

对于特拉克尔的诗，德国存在主义哲学家海德格尔在一篇名为《诗中的语言：关于特拉克尔的诗的探讨》的论文中大加赞许。他在分析特拉克尔的诗《灵魂的春季》中"灵魂，这个大地上的异乡者"这一句时，曾这样说："特拉克尔的诗歌中唱着灵魂之歌，灵魂是'大地上的异乡者'，大地是幻想的种族的更宁静的家园，灵魂在大地上流浪……"

关于本书

特拉克尔去世近百年后，其作品在全世界各地翻译出版，让人们认识到了20世纪初这位具有世界性影响的德语诗人。

这部中文版特拉克尔诗选，系国内全面系统地介绍特拉克尔诗歌作品的集子，共收入特拉克尔各个时期创作的诗作170余首，向读者展现了特拉克尔在不同时期的诗歌风格和精神状态，反映了诗人的思想和创作历程。

　　本书还收入了诗人的 4 篇散文，以及特拉克尔的生活与创作大事年表，有助于读者深入了解这位诗人的生活与创作历程。其实这一切，都蕴藏在特拉克尔所创造的这些精神风景中和宗教祈祷里。

2011 年 12 月于重庆云满庭

Georg Trakl: Selected Poems 目 录

《诗》(1913)

Poems

渡鸦

越过正午林中的黑色空旷地
疾飞的渡鸦发出刺耳的叫声。
它们的影子轻擦着雌鹿
不时可以看见它们在沉闷地休息。

哦，它们多么扰乱一片
自我陶醉的田野的褐色沉寂，
犹如陷入深深忧虑的女人，
有时可以听见它们在争论

一具在某处发出气味的腐体。
它们的飞行突然转向北方，
像一行送葬队列，消失
在欲望颤抖的风里。

少女

献给路德维希·冯·费克尔①

1

黎明时，她常常站在
水井边，仿佛被迷住，
在黎明中汲水。
水桶上下移动。

寒鸦在山毛榉林中振翅，
她像一个影子。
她金色的头发飘扬，
群鼠在院落中尖叫。

她被腐败诱惑
垂下闪动的眼睑。
腐朽的焦干草丛
在她的脚畔弯曲。

2

她在自己的卧室里默默工作
院落荒废了很久。
她屋边的接骨木上
一只黑鸟鸣唱着哀歌。

①特拉克尔的朋友，刊物《煤气灯》的编辑（1880~1967）。

她在镜中的影像银亮，
注视她，在黎明的光亮中异化，
镜中，那影像渐渐苍白，
她在影像的纯洁前面战栗。

犹如梦境，一个男孩在黑暗中歌唱，
她凝视，痛苦地抖动。
红色穿过黑暗滴落而下。
凛冽的南风吹得栅门嘎嘎作响。

3

夜里，在荒凉的牧场上
她在狂热的梦中踉跄。
沉闷的风在牧草上哀鸣
月亮从树林中倾听。

四周，群星很快就苍白，
她的面颊被重负压得疲竭，
渐渐像蜡一般苍白。
腐败从泥土中散发气味。

芦苇在池畔悲哀地沙沙作响。
她蹲伏着，冻结起来。
一只公鸡在远处鸣叫。水塘之上
早晨战栗得厉害，呈现出灰白。

4

铁匠铺里，一把铁锤猛烈敲击
她溜过栅门。

红光中，男孩挥动铁锤，
她用死一般的目光观望。

她仿佛在梦中听见他的笑声
她蹒跚地走进铁匠铺，
在他的笑声前胆怯地俯身，
犹如那猛烈而粗犷的铁锤。

明亮的火花在屋里飞舞。
她用无助的手势
攫取那飞旋的火花
又头昏眼花，倒在地上。

5

她纤细地躺在床上
充满温柔的恐惧醒来，
看见她那被弄脏的床
覆盖着一片金光。

木樨草框住窗户
和蓝天的明亮。
有时，风给窗户带来
一口钟发出的隐约和声。

影子滑过枕头，
正午慢慢宣布来临，
她在枕头上深深呼吸，
她的嘴唇犹如伤口。

6

黄昏时，血淋淋的亚麻织物
云一般飘过覆盖着
亚麻织物的沉寂的森林。
麻雀在田野中尖叫。

她洁白地躺在黑暗中，
咕咕的鸟叫在屋顶下隐退。
像灌木丛和黑暗中的腐尸，
苍蝇飞绕她的嘴唇。

舞蹈和小提琴的声音
在褐色小村庄里梦幻般回响，
她的脸穿过小村庄飘浮，
她的头发在裸枝上飘扬。

夜的传奇

星星的帐篷下，一个孤独者
穿越子夜的沉寂。
男孩醒来，被他的梦迷惑，
他灰白的面容在月光中沉没。

在窗户那凝视的格栅边
一个愚蠢的女人披发哭泣。
情侣们在水塘上敬畏地飘过，
在惬意的旅程中浮动。

凶手在酒中苍白地微笑，
死亡的恐怖感染病人。
在十字架上救星的极度痛苦前
赤裸而受伤的修女祈祷。

母亲在睡眠中轻轻歌唱。
孩子用完全真诚的目光
平静地凝视夜晚。
妓院中，传来阵阵笑语。

下面小酒馆里的油灯旁，
死者用白色的手
把暗送秋波的沉寂涂在墙上。
睡者依然低语。

在充满吉他的红叶中……

在充满吉他的红叶中，
少女的黄色头发飘扬
在向日葵盛开的栅栏旁。
一辆金色马车穿越云层。

在褐色影子的安眠中，老人们
渐渐沉默，愚蠢地拥抱。
孤儿们美妙地唱着晚祈，
苍蝇在黄色烟霾中嗡嗡作响。

女人们依然在溪畔洗衣，
渐干的亚麻织物在微风中翻飞。
我赞美已久的小孩
再次穿过灰白的黄昏归来。

从温和的天空中，麻雀
坠入充满腐败的绿色洞孔。
一股面包和佐料的刺鼻气味
对饥饿者虚构重获的感觉。

米拉贝尔花园①的音乐 <small>(第二稿)</small>

一眼喷泉歌唱。精致的白云
在清澈的蓝天上翱翔。
黄昏时，安静的人们
沉思着穿过古老的花园徜徉。

祖先的大理石像渐渐变得灰白，
一队鸟儿消失在远方。
一个法恩②用死去的眼睛追视
滑入黑暗中的影像。

树叶从老树上发红地飘落，
穿过开启的窗户旋进来。
火光在屋里亮起来，
涂绘忧郁恐怖的幽灵。

白色的陌生人进入房舍，
狗儿穿过荒废的通道狂奔。
少女灭灯。
耳朵听见奏鸣曲在夜里回响。

---

①位于奥地利萨尔茨堡的一座宫殿及花园，现为旅游胜地。
②罗马神话中半人半羊的农牧神。

黄昏的忧郁

——枯萎的森林扩展——
影子们宛若绿篱围绕它。
从隐蔽处，鹿子颤抖着走来
同时，一条小溪寂静无声地

沿着蕨草和古代的石头流淌
从纠缠的叶簇中闪烁银光。
很快就听见它在黑色峡谷流淌——
也许，群星也已经在闪耀。

幽暗的平原似乎无边无际，
零星的村落，沼泽和水塘。
有什么东西模仿火焰。
一道寒冷的微光掠过道路。

你感到天上的运动。
一大群野鸟迁向
那些遥远而美丽的地方。
芦苇颤动，上下起伏。

冬天的黄昏

给马克斯·冯·埃斯特勒①

金属般的黑色天空。
黄昏时分，饿得发疯的乌鸦
在幽暗而忧郁的公园上空
倾斜地振翅穿过红色暴雨。

一缕阳光冻结云层中，
在撒旦的诅咒之前
它们全都在圆圈中盘旋
以成七倍的数字降临。

在惬意而陈旧的腐败中
它们的嘴喙无声地铲动。
房舍从缄默的近处威胁，
剧院大厅中光彩融融。

教堂，桥梁和医院
可怕地伫立在薄暮中。
沾染着血斑的亚麻织物
运河上帆片翻涌。

①特拉克尔的朋友，奥地利油画家和肖像画家（1870~1947）。

循环诗

消逝的是日子的黄金
黄昏的褐色与蓝色：
牧人那柔和的笛音消隐。
黄昏的褐色与蓝色
消逝的是日子的黄金。

女人的祝福

你行走在你的女人中间
常常露出不安的微笑：
焦虑的日子来临。
沿着栅栏，罂粟花洁白地开放。

酒，像你的腹部美丽地膨胀
在山丘上成熟为金黄。
池水之镜在远处闪烁
长柄大镰刀在田野中咔嚓作响。

露水穿过灌木丛滚动，
树叶呈现出红色而飘落。
一个粗野的褐色摩尔人
为迎候他可爱的女人而接近你。

美丽的城市①

阳光下，古老的城市广场沉寂。
深深地饰着蓝色和金色花边，
温和的修女梦幻般匆匆行走
在压抑的山毛榉的沉寂下面。

从被照亮的褐色教堂里
那纯粹的死亡形象凝视，
伟大王子的可爱的盾徽。
王冠在教堂中闪耀。

战马自喷泉中迸出。
花朵之爪从树上威胁。
薄暮时分，男孩们被梦幻迷惑，
在喷泉四周静静玩耍。

女孩们站在栅门边，
羞怯地凝视彩色生活。
她们湿润的嘴唇颤动，
她们在栅门边等待。

颤抖的钟声穿过风飘移。

①即特拉克尔诞生的城市萨尔茨堡。

欧美诗歌典藏

行军的节奏与看门人的叫喊。
陌生人在台阶上聆听。
风琴流露出高高的蓝色音调。

调子清澈的乐器歌唱。
美妇人的笑语
透过花园的树叶鸣响。
年轻的母亲轻轻歌唱。

潜伏着花朵框起的窗户旁
焚香，焦油和丁香散发出秘密的芬芳。
困倦的眼睑透过
窗边的花朵闪烁银光。

在废弃的屋里

窗户，彩色的花坛
有一台风琴在里面弹奏。
挂毯上，影子以奇异
而杂乱无章的图案跳舞。

画笔随火焰颤抖，
一群浮动的蚊子震荡。
镰刀在遥远的田野中割刈
古代的水歌唱。

谁的气息前来爱抚我？
燕子画出精神失常的符号，
金色的森林柔和地
流进无边无际的空间。

火苗在花坛中闪忽，
狂乱的图案被歪曲在
黄色挂毯上。
有人透过门缝窥视。

焚香散发出梨子般的惬意芳香
玻璃杯和柜子随黄昏转暗。
灼热的额头慢慢
俯向白色的星星。

暴风雨的黄昏

哦，红色黄昏的时辰！
纠缠的葡萄藤叶片
闪烁于开启的窗边，卷曲成蔚蓝，
可怕的幽灵巢居在里面。

尘埃在水沟的恶臭中跳舞。
风把窗玻璃吹得嘎嘎作响。
被闪电刺穿的云
驱赶一群野马。

水塘之镜响亮地迸裂。
鸥鸟对着窗户大声鸣叫。
一个火焰的骑手从山丘上驰骋
在松林中碎裂成火苗。

病人在医院里尖叫。
夜的羽毛发蓝地呼呼飞翔。
闪亮的雨水
突然咆哮着落在屋顶上。

黄昏的缪斯

教堂塔尖的影子和黄金触及开花的窗户。
在平静和沉寂中，灼热的眉额冷却。
一股喷泉从栗树枝头的黑暗中落下——
你在痛苦的困倦中感到它美好。

市场上，夏天的果实与花环已不见踪影。
栅门和谐地吐露隐秘庆典的调子。
花园中，传来轻柔的游戏声
朋友们在用餐后到那里汇聚。

白色乐师的童话故事愉悦灵魂。
饱满的谷物沙沙作响，午后被收割机刈去。
小屋中，贱人的生命渐渐耐心地沉寂，
厩棚的灯，照耀在牛群温和的睡眠上面。

沉醉于空气的眼睑，很快就内陷
对着异化的星座悄然睁开。
恩底弥翁①在古代橡树的黑暗中起身，
在悲哀的水域上面俯下身子。

①希腊神话中月神塞勒涅所爱的英俊的青年牧羊人。

恶之梦 (第一稿)

一面铜锣的褐色与金色的回音消逝——
一个情侣在幽暗的屋里醒来，
他的面颊临近那在窗户里忽闪的火焰。
帆，桅杆，绳索在河里闪烁。

一个修士，一个孕妇在人群中。
吉他乱弹，红色衣裙微亮。
金色光亮中，栗子皱缩，闷热，
教堂的哀悼仪式高耸着黑色。

恶的精灵从苍白的面具中注视。
广场暗淡，灰白而阴沉。
黄昏时分，岛上响起低语。

麻风病人，也许在那一夜腐朽，
从鸟儿的飞翔中阅读混淆的不祥之兆。
公园中，兄弟姐妹颤抖着对视。

教会之歌

一个颤抖的花坛
涂绘着符号和罕见的绣花。
上帝的蓝色气息
飘进花园的房间，
宁静地飘动。
一个十字架高耸在野藤中间。

我听见村民们在欢庆。
一个园丁在墙边刈草，
一台风琴悄然弹奏，
把声音和金色的光、声音和光
融为一体。
爱情赐予面包和酒。

少女们也进来
公鸡最后一次鸣叫。
腐朽的栅门轻轻打开
在花环和串串玫瑰，
串串玫瑰串中，
玛利亚歇息，苍白而美丽。

古代石头上，一个乞丐
似乎在祈祷中死去。
一个牧羊人悄然走下山丘

一个天使在小树丛中，
在附近的小树丛中，
唱起让孩子们入睡的歌。

在秋天

向日葵沿着栅栏闪烁微光，
病人悄然坐在阳光下。
修道院钟声回响的土地上
辛勤劳作的女人们在歌唱。

修道院钟声回响之处
众鸟把那遥远消息告诉你。
微弱的小提琴声从院落中飘出。
今天他们榨取褐色的葡萄酒。

然后是快乐而温和的男人。
今天他们榨取褐色的葡萄酒。
死者的卧室宽宽地敞开
优美地涂抹着阳光。

我的心在黄昏

夜幕降临时，蝙蝠尖叫。
两匹黑马跃过牧场。
红枫沙沙作响。
旅人窥视路边的小酒馆。
美妙的是新酿的酒和坚果味道。
美妙：在转暗的森林中喝醉跌撞。
哀悼的钟声透过黑枝鸣响，
露珠落在面庞上。

农夫

在窗前共鸣的红与绿。
被烟熏黑的低矮大厅中，
男仆和女仆坐着就餐，
他们倒酒，分开面包。

有时，一个贫瘦的词语
落入正午深深的寂静。
田野不停地闪烁微光
辽阔的天空呈现出铅灰色。

壁炉边，怪异的余烬闪忽，
一群苍蝇嗡嗡作响。
少女们倾听，羞怯而缄默，
血液在她们的太阳穴里连续搏动。

有时，在动物气味穿过房间
飘移时，充满欲望的凝视相遇。
公鸡在门里鸣叫之际，
一个男仆讲述单调地念着祷文。

再次进入田野。一种恐怖常常
在倒下的谷物的咆哮中攫住他们。
尖锐刺耳的长柄大镰刀
发出幽灵般的节奏来回摇晃。

万灵节①

给卡尔·豪耶②

微小的男人和女人，悲哀的伴侣，
今天把蓝色和红色的花朵
投掷在幽幽照亮的墓穴上。
他们的行为就像临终前无助的玩偶。

哦，他们似乎多么恐惧和谦卑，
犹如伫立在黑色灌木后的影子。
未诞生的人的悲歌在秋风中哀诉，
也看见灯盏迷失道路。

情侣们的叹息在枝条中呼吸
那里面，母亲与孩子一起腐烂。
生者的舞蹈显得不真实，
奇异地消散在晚风中。

他们的生活如此烦恼，充满讨厌的瘟疫。
上帝怜悯女人的痛苦和地狱
还有这些无助的死亡悲歌。
孤独的人悄然流浪在群星的大厅里。

---

①天主教节日。纪念被认为是在炼狱中进行涤罪的基督教徒亡灵。一般为11月2日。
②奥地利作家、批评家（1875~1919），特拉克尔的朋友。

忧郁 (第三稿)

浅蓝色的影子。哦，你滑过之际
你的黑眼睛久久凝视我。
在那溶解于褐色碱液的花园
吉他声柔和地陪伴秋天。
仙女们的手准备死亡的
热切的阴暗，腐朽的唇吮吸
红色乳房，黑色碱液中
太阳的青春那湿润的卷发悄悄溜走。

生活的灵魂

森林中萦绕着腐朽的辽阔沉寂
它把树叶轻轻裹在阴暗里。
一个村落似乎即将幽灵一般俯身。
妹妹的唇在黑色树枝中低语。

孤独者很快就要溜走，
也许是一条黑路上的牧羊人。
一只动物从树荫拱廊中轻盈地迈步，
它的眼睑在神的面前大睁。

蓝色河流优雅地流过，
云朵在黄昏显露自身，
灵魂也处于天使般的沉默中。
倏忽即逝的形象渐渐下沉。

变形的秋天

这一年带着金色的酒
和花园的果实在绚丽中结束。
森林奇异地归于沉寂，
成为孤独者的伴侣。

于是农夫说：这很好。
你黄昏的钟声悠长而柔和，
依然最终赋予我们美好的心。
一队鸟儿在旅程上欢呼致意。

这是爱的温柔的季节。
一只小船漂下蓝色河流，
影像多么优美地跟随影像，
沉没在安眠与寂静中。

林中空地

给卡尔·明尼希①

褐色栗树。老人们轻柔地悄悄走进
更宁静的黄昏，优美的树叶轻柔地枯萎。
教堂墓地上，一只黑鸟嘲弄我死去的亲戚。
金发的教师与安吉拉同行。

死亡那纯粹的影像从教堂窗口凝视，
然而，血淋淋的背景显得悲伤又阴郁。
今天栅门被锁闭，教堂执事掌管着钥匙。
花园中，妹妹与友善的幽灵交谈。

古老的地窖中，美酒芳醇成清澈的黄金。
苹果甜美的芳香。欢乐在不远处闪光。
整个黄昏，孩子们都在聆听童话故事，
黄金与真理常常显出温和的疯狂。

蓝色随着木樨草溢出，屋里的烛光。
温顺的人发现自己的住所已准备完善。
一种孤独的命运沿着森林边缘悄然而行，
夜，安歇的天使，出现在门槛上面。

特拉克尔诗选

①特拉克尔青少年时代的朋友、同学（1886～1964）。

冬天

田野闪烁白色微光，寒冷。
天空在辽阔的孤独中扩展。
寒鸦在水塘上面盘旋
猎人从森林中走下来。

沉寂萦绕在黑色树梢上。
火光从村舍中闪亮。
偶尔，一阵雪橇铃声在远处叮当响，
灰白的月亮慢慢爬到天上。

一只光滑的鹿子在田野边流血至死
渡鸦溅落在血淋淋的水沟里。
黄色芦苇颤抖，直立。
霜，烟霾，穿过空寂的小树丛的一声脚步。

在一本旧家庭影集中

忧郁，你总是归来，
哦，孤独的灵魂的温顺。
一个金色的日子发光，终止。

病人谦恭地向痛苦屈服，
回响着和谐与轻柔的疯狂。
看吧！黑暗已经降临。

夜幕再次降临，一个凡人哀悼
另一个凡人受难，怜悯。

在秋天的星星下战栗
头颅每一年都俯得更深。

变形 (第二稿)

沿着凋谢成红色的秋天的花园：
强劲的生命静静地展示在这里。
男人们的手搬运褐色的葡萄
同时，扫视中温和的痛苦消隐。

黄昏：脚步穿越黑色的土地，
在山毛榉的沉寂中，声音更清晰。
一只蓝色动物在临终前俯首，
一件空荡荡的长袍可怕地腐朽。

安宁的画面在小酒馆前闪耀，
一张陶醉的脸陷入了草丛。
接骨木果实，笛音沉醉而柔和，
木樨草的芬芳围绕着女人。

小音乐会

梦幻般让你气馁的红色——
太阳透过你的手而闪耀。
你感到你的心欢乐得疯狂，
静静地准备行动。

黄色的田野涌进正午。
你几乎听不见蟋蟀的歌声，
割刈者的长柄大镰刀剧烈的摇晃。
金色的森林归于简朴的沉寂。

腐朽在绿色水潭中闪亮。
鱼儿静止。上帝的气息
轻轻唤醒烟霾中的七弦琴。
治病的洪水召唤麻风病人。

在蓝色影子中，代达罗斯①的幽灵翱翔，
榛树枝散发出一股奶香。
你依然听见教师的小提琴声萦绕，
老鼠在空庭院中的尖叫。

丑陋得骇人的墙上

①古希腊神话中的建筑师和雕塑家，克里特迷宫的建造者。

凉凉的紫罗兰色在细颈瓶中开放。
幽暗的嗓音在争吵中静息，
那喀索斯①在长笛最后的和音里。

①古希腊神话中的美少年，因神的惩罚而爱上自己在水中的倒影憔悴致死。

人类

人类被逼到一条火焰的深渊前，
隆隆的鼓声，黑暗战士的额头，
穿过血雾的脚步，黑铁碰撞，
绝望，悲哀的大脑中的夜色，
这里有夏娃的影子，狩猎与红色硬币。
光芒刺破云层，最后的晚餐。
温和的沉寂停留在面包和酒里，
那十二个人聚集在这里，
夜里，在橄榄树枝下，他们从睡梦中尖叫，
圣多马①的手触及伤口。

特拉克尔诗选

---

① 《圣经》中耶稣的十二门徒之一。

散步

1

午后，音乐在林地中喃喃低诉。
谷物丛中，诚挚热切的稻草人旋转。
接骨木树丛沿路轻柔地沙沙作响，
一幢房舍闪耀，陌生而模糊。

金色中，百里香的芳香飘荡，
一个清晰的数字蚀刻在石头上。
草地上，孩子们在玩球，
然后一棵树在你的面前环绕。

你做梦，你的妹妹梳理她的金发，
一位远方的友人给你写信。
发黄的麦束穿过灰白而撤退。
你不时悬浮着飘动，不可思议。

2

时间涓涓逝去。哦，美妙的赫利俄斯①！
哦，蛤蟆池中美妙而清晰的影像，
一个伊甸园奇异地沉陷在沙里。

———————

①希腊神话中的太阳神，提坦巨神许珀里瓮与忒伊亚的儿子。

一丛灌木在衣兜上摇哄黄鹂入睡。

你的兄弟死于被诅咒的土地。
你像钢一样的目光看着你自己，
金色中，百里香的芳香飘荡，
池塘边，一个男孩升起火焰。

情侣们再度发光于蝴蝶中间
在石头和数字附近欢乐地荡秋千。
乌鸦围绕一顿令人作呕之餐而振翅，
你的太阳穴透过柔软的绿草而愤怒。

一只鹿子悄然死在刺藜丛中。
一个快乐的童年日子在你身后悄然而行。
灰白的风，飘忽不定而变幻莫测，
用腐朽的气味淹没黄昏。

3

一支古老的摇篮曲让你焦虑不安。
路边，一个女人虔诚地哺乳孩子。
梦游中，你听见她的乳房膨胀。
一支庄严的歌从苹果树枝头坠落。

面包和酒因为辛勤的劳作而美好。
你银色的手摸索果实。
死去的拉吉①穿过田野，
绿意用安宁的手势而召唤。

---

① 《圣经》中雅各的两个妻子之一，约瑟和便雅悯之母。

被祝福的还有贫穷少女开花的子宫
她们伫立在古老的喷泉边做梦。
孤独的散步者在静悄悄的路上移动
行走在上帝清白的造物中。

从深处①

有一片收割后的麦茬地，飘着一场黑雨。
有一棵褐色的树，孤独地伫立在那里。
有一阵低语的风，围绕空寂的小屋。
这黄昏多么悲哀。

小村那边
温和的孤女依然在拾捡稀疏的谷粒。
黄昏里，她大睁着金色的眼睛四处搜寻
她的子宫在等待神圣的新郎。

牧人们
在回家路上发现那美妙的躯体，
在灌木丛中腐朽。

我是一个影子，远离暗淡的村庄，
我从小树丛的
泉水中饮下了上帝的沉寂。

冰冷的金属践踏我的眉额。
蜘蛛寻找我的心。
那是一缕光，熄灭在我的嘴里。

---

①拉丁文中"从深处"之意。在《圣经·旧约·雅歌》中出现过。

夜里，我发现自己置身于一片石南地，
僵直于群星的瓦砾和尘埃里。
榛树丛中
水晶天使再度响起。

小号

在修剪过的柳树下，棕色的孩子在玩耍
树叶飘动，小号回响。墓园颤抖。
深红的旗帜透过枫树的悲哀哗哗作响，
骑手沿着黑麦地前行，空寂的磨房。

或者牧人们在夜里歌唱，牡鹿优美地
走进他们的篝火圈，小树丛无限古老的悲伤，
舞者隐隐出现在一堵黑墙上，
深红的旗帜，笑语，疯狂，小号。

薄暮

庭院中，着迷于乳汁般的黄昏光彩
温和的病人穿过褐色的秋天悄然而行。
他们完全像蜡一般苍白地凝视沉思
那充满幻想、宁静和酒的黄金时间。

漫长的疾病幽灵般困扰他们。
群星传播白色的忧郁。
在充满幻觉与钟声的灰白中，
看看幽灵们怎样杂乱地散落。

嘲笑无形的形体匆忙，蹲伏，
在黑色交叉的路径上飘动。
哦，墙上悲哀的影子。

其他影子穿过薄暮的拱廊撤退，
在夜里，它们犹如狂乱的酒神节女祭司，
坠落于点缀着星星的风中的红色战栗。

欢乐的春天 (第二稿)

1

在流过黄色的休耕地的小溪旁，
去年干枯的芦苇依然伫立。
奇异的声音穿过灰白而消逝，
一丝温暖的粪肥气味飘过。

柳树上，柳絮在风中宁静地悬晃，
一个士兵梦幻般忧郁地歌唱。
细长的牧草地在风中隐约地嗖嗖作响。
一个孩子的黑色剪影伫立，柔和而悠扬。

桦树，黑色的刺木茎，
身影也逃逸，溶解在烟里。
鲜艳的绿花，别的一切都腐烂，
蛤蟆穿过年轻的韭葱爬行。

2

我真的爱你，壮实的洗衣妇。
洪水依然承受着天空金色的重负。
一条小鱼闪忽游过，消隐，
一张蜡一般的脸穿过桤木而流逝。

花园中，钟声悠长而低回地沉落，
一只小鸟疯狂地鸣啭。
恍惚中，温和的谷粒柔软地膨胀，
辛勤的蜜蜂依然在认真地采集花粉。

来吧，爱人，走向疲倦的劳作者！
一束冷淡的光芒落进他的小屋。
森林穿过黄昏飘动，锋利而苍白，
花蕾时时欢乐地沙沙作响。

3

那诞生的一切，似乎都如此病态！
小村庄环绕着一片发烧的烟霾。
然而，一个温和的精灵从枝头召唤，
宽宽地敞开那胆怯的心灵。

一场盛大的倾盆之雨悄然流走，
未诞生的事物培育自己的安眠。
情侣们朝自己的星星盛开，
他们的气息穿过夜色，更为惬意地流走。

那活着的一切，如此痛苦得美好而真实，
一块古老的石头轻轻触动你，
真的，我会始终与你在一起。
哦，嘴唇，透过白色柳树而战栗。

焚风①中的郊区

黄昏时，家舍呈现出褐色，荒芜。
空气中弥漫着灰白的恶臭。
拱桥上，一列火车咆哮隆隆驶过——
麻雀在灌木丛和栅栏上振翅翻飞。

简朴的棚屋，纷乱的路径，
花园中有混乱和运动，
有时，哀悼从压抑的移动中膨胀起来，
一件红色衣裙就穿过一群儿童飞奔。

老鼠合唱队尖叫，迷恋着垃圾。
女人们的篮子里盛着内脏，
以一个令人作呕的腐物队列，
她们从薄暮中显身。

突然，从屠场下面
一条水沟把丰富的血吐进平静的河。
焚风让稀疏的灌木染上更明灿的色彩
红色穿过小溪缓缓爬行。

一声低语，淹死在被困扰的睡眠中。

①尤指从阿尔卑斯山脉北坡等山坡上吹下来的干热风。

影像从水沟里跃上来，
或许是对一种随暖风起伏的
更早的生活的回忆。

从云层上，闪烁微光的大街冲下来
充满美丽的双轮马车，勇敢的骑手。
然后，看得见一只小船沉没在礁石上，
有时是微染着玫瑰色的清真寺。

老鼠

秋月在院落中闪烁白光。
虚幻的影子从屋檐上落下。
沉寂寓居在空窗里面，
然后，老鼠们偷偷出现

吱吱地叫着，到处奔跑，
一股恐怖的气息从厕所
传来，跟随它们飘荡——
幽灵般的月光穿过厕所而颤抖。

它们在疯狂的贪婪中争吵
在房舍和装满果实
与谷物的谷仓中群集。
冰冷的风在黑暗中哀鸣。

抑郁 (第二稿)

世界的灾祸在下午出没。
棚屋穿过荒芜的褐色小花园逃逸。
狐火围绕焦干的畜粪玩弄诡计。
两个灰白而模糊的睡者朝着家摇荡。

一个儿童在枯萎的牧草场上奔跑
玩弄他那光滑的黑眼睛。
黄金从模糊的灌木丛中滴落，
风中，一个老人悲哀地转身。

夜幕降临时，缄默的土星
在我的头上再度旋织悲惨的命运。
一棵树，一只狗退回去
上帝的天空发黑地摇晃，被剥光了叶簇。

一条小鱼顺着溪流疾游，
死去的友人的手轻轻移动
轻轻抚摸额头和长袍。
一盏灯唤醒屋里的影子。

午后低语

秋天的太阳，稀疏而犹豫，
果实从树上坠落。
沉寂寓居在蓝色空间里，
一个漫长的下午。

死亡的金属之钟
一只白色动物垮掉。
褐色少女沙哑的歌
散落在飘零的树叶中。

上帝的额头梦见色彩，
感受疯狂的温和的翅膀。
影子旋动在腐败的
边缘发黑的山丘上。

黄昏充满睡眠和酒，
悲伤的吉他在流淌。
你仿佛在梦中侧身
转向里面柔和的灯光。

赞美诗 (第二稿)

献给卡尔·克劳斯①

有一盏被风吹灭的灯，
有一个被醉汉放弃在下午的乡村小酒馆。
有一个干透的葡萄园，被挤满蜘蛛的洞孔弄黑。
有一个用乳汁来刷白的房间。
疯子死了。有一个南太平洋上的岛屿
接受太阳神。鼓声隆隆响起，
男人们表演战争舞蹈。
当大海歌唱，女人们在藤蔓
和火焰之花里扭动屁股。哦，我们的失乐园。

仙女们放弃了金色的森林。
陌生人被埋葬。闪耀的雨开始飘落。
潘②的儿子以土地耕作者的形态出现，
他在灼热的沥青上一直睡过中午。
有小女孩站在庭院中，穿着令人心碎的贫穷的衣衫。
有充满和声和奏鸣曲的房间，
有影子在一面盲目的镜子前拥抱。
医院的窗前，恢复期的病人把自己晒暖。
运河上，一艘白色汽船承载着血腥的流行瘟疫。

陌生的妹妹再度出现在某个人的恶梦里，

①奥地利出版商和作家（1874～1936），《火炬》杂志的创始人。
②希腊神话中人身羊足，头上有角的山林、畜牧之神。

欧美诗歌典藏

她歇息在榛树丛中，嬉戏着他的星星。
那个学生，也许是一个面貌酷似者，从窗口久久注视她。
他死去的兄弟站在他身后，或者走下古老的旋梯。
在褐色栗树的黑暗中，年轻见习修女的身影渐渐隐退。
花园笼罩在薄暮中。蝙蝠穿过女修道院而轻飞。
管事的孩子停止游戏，去寻找天空的黄金。
四重奏的最后和声。盲目的小女孩颤抖着逃上林荫道，
后来，她的影子沿着冰冷的墙而摸索——
墙上覆盖着神话和神圣传说。

这是一只空寂的小舟，黄昏时沿着黑色运河漂流而下。
在一处古老庇护所的幽暗中，人类的废墟腐朽。
死去的孤儿躺在花园墙边。
天使带着被玷污的翅膀，从阴沉的屋里走出。
虫子从他们发黄的眼睑上滴落。
教堂前的广场幽暗而沉寂，仿佛在童年的日子里。
更早的生命迈着银白色的脚掌悄然而过
被诅咒者的影子沉入叹息的水中。
白色乐师在他的坟墓中玩耍他的蛇。

上帝金色的眼睛在各各他①上空默默睁开。

---

① 耶稣被钉死在十字架上的地方。

玫瑰经①赞美诗

给妹妹

你散步之处变成秋天和黄昏，
蓝色的鹿子，在树下歌唱，
黄昏时孤独的水塘。

鸟儿的飞翔轻柔地鸣响，
你额头上的悲伤。
你稀薄的笑容歌唱。

上帝扭曲了你的眼睑。
受难节②的孩子，
群星在夜里寻找你眉额的拱门。

死亡的临近（第二稿）

哦，黄昏歇落在童年的幽暗村庄里。
柳树下的水塘
充满悲哀有毒的叹息。

哦，当孤独者那陶醉的紫色日子

---

①对圣母玛利亚表示虔诚的修炼方式，主要由三套经组成，每套经由万福玛利亚的五篇祈祷文构成，每篇祈祷文以主祷文开头并以荣耀颂结束。
②纪念耶稣受难的节日。

从他那瘦骨嶙峋的手消隐，
森林就轻轻垂下褐色眼睛。

哦，死亡的临近。让我们祈祷吧。
在这个夜里，情侣们娇嫩的四肢
在焚香熏黄的温暖的枕头上松弛。

阿门

腐朽悄然穿过崩溃的内室而行，
黄色墙纸上的影子。幽暗的镜中
我们象牙色的手悲哀合拢成一个拱形。

褐色珍珠穿过死去的手指慢慢落下。
沉寂中
一个天使蓝色的罂粟眼睛睁开。

黄昏也呈现出蓝色，
我们垂死的时刻，阿兹拉伊来①的影子
暗淡着一个褐色花园。

①古犹太教中掌管死亡的天使。

腐朽

黄昏时，当钟声鸣响着安宁，
我跟随众鸟奇妙地飞行，
它们像虔诚的朝圣者，排着长长的阵形
消失在秋天那辽阔的天空里。

我徘徊在充满黄昏的花园
梦想它们那更为灿烂的命运。
几乎不曾感到时针的运动，
因而我遵循它们在云层上的路径。

一丝腐朽的气息让我战栗。
黑鸟在秃枝上悲叹。
红色葡萄藤在生锈的棚架上打颤。

同时，就像那苍白的孩子们围绕
腐朽喷泉的黑暗边缘跳着死亡之舞，
战栗的蓝色紫菀在风中弯曲。

家园

木樨草的芳香穿过生病的窗口飘荡，
一个古老的广场，荒废的黑色栗树。
一缕金色的光穿透屋顶，迷幻地落下
梦幻般炫目地触及兄弟姐妹。

腐败在水沟里发酵，焚风
在褐色小花园里，犹如鸟儿咕咕轻叫，
向日葵饮下它的黄金，渐渐溶化。
守门人的叫喊响彻蓝天。

木樨草的芳香。光秃的墙渐渐转暗。
妹妹的睡眠被搅扰。夜风撩动
她那用灿烂的月光洗涤过的头发。

从毗邻附近废墟的崩溃的屋顶上
纤细而发蓝的猫影悄然消逝，
紫色的蜡火跳跃着燃烧。

秋日黄昏

给卡尔·罗克①

褐色村庄。一个幽暗的形体常常
为漫游那沉浸在秋天的墙而显身，
身影：故去的男人和女人两者
都在凉爽卧室里走动，为准备他们的床。

男孩们在这里玩耍。悲痛的影子
在褐色粪肥上扩展。少女们
穿过潮湿的蓝色，有时用
注满夜晚共鸣声的眼凝视。

一个小酒馆等待那在
黑暗拱桥下耐心徘徊的孤独者，
他被金色的烟草之云笼罩。

然而自我总是黝黑，总在临近。
在古老拱桥的阴影中
醉汉们沉思远方的野鸟。

————————————

①奥地利诗人、语言教师（1883~1954），曾担任杂志《煤气灯》的编辑，与特拉
克尔交往也甚深。

人类的苦难 (第二稿)

在太阳之前，钟敲响五下——
黑暗的恐惧攫住孤独的人们，
光秃的树在薄暮的花园中沙沙作响。
死者的脸在窗前移动。

也许这个时辰已经停止。
呆滞的眼睛前，蓝色影像
应合船只在河上摇荡的节奏振翅。
码头上，一队修女飘然消失。

苍白的盲女在榛树丛中嬉戏，
犹如在睡眠中拥抱的情侣。
在那里，也许苍蝇围绕动物的腐尸歌唱
或许，一个小孩在母亲的膝上哭泣。

蓝色与红色的紫菀从手上落下，
男孩那聪慧而异化的嘴溜走，
被恐惧困扰的眼睑轻轻震颤，
一丝面包的香味穿过狂热的黑色飘荡。

这似乎是人们也听见恐怖的尖叫，
骨头穿过坍塌的墙而微微闪耀。
邪恶的心在美丽的房间里放声大笑，
一只狗掠过梦者奔跑。

一口空棺材在黑暗中迷失。
夜里，当提灯破碎于暴风雨，
一个房间就想为凶手幽幽地亮起。
月桂装饰了高贵者发白的双鬓。

在村里

1

从褐色的墙里，一个村庄，一片田野出现。
一个牧人在古老的石头上腐烂。
森林边缘笼罩蓝色动物，
柔软的树叶在沉寂中飘落。

农夫们的褐色额头。晚钟
悠长的鸣响，美丽的是虔诚的习俗。
救星的黑色头颅，戴着刺藜的花环，
被死亡调和的凉爽的房间。

母亲们多么苍白。蓝色沉陷在
那骄傲地保持其意义的玻璃和橱柜上，
一颗非常年迈的白色头颅
朝着饮下乳汁的孙子和群星俯首。

2

那孤独地死于精神中的穷人，
蜡一般苍白地爬过古老小径。
苹果树光秃而平静，陷入
其腐烂发黑的果实的颜色。

牛群的睡眠上，干稻草的屋顶
依然拱起。盲目的少女
出现在庭院中，蓝色的水悲叹。
一匹马的颅骨从腐朽的栅门里凝视。

白痴难以理解地说出一个爱情的
词语，那词语在黑色灌木中渐渐消逝，
灌木中，她以一个微弱之梦的形态而伫立，
黄昏依然在潮湿的蓝色里响起。

3

被风剥光的枝条敲击窗户。
野性的悲痛在农妇的子宫中生长。
黑色的雪穿过她的双臂溪流而下，
金眼猫头鹰围绕她的头振翅飞翔。

光秃的墙溅满灰色污斑
凝视凉凉的黑暗。在狂热的床上
怀孕的腹冻结，月亮大胆观看。
一只狗已经死在她的卧室前面。

三个男人幽幽地跨过栅门
拿着在田野中折断的大镰刀。
红色的晚风穿过窗口呻吟，
一个黑色天使从其中显身。

黄昏的歌

黄昏时，当我们走上黑暗路径，
我们苍白的身影就出现在我们前面。

如果我们口渴，
我们就饮下白色池水，
我们悲哀的童年的甘美。

我们奄奄一息，歇靠在接骨木树丛下面，
观看灰色鸥鸟。

春天的云在黑色城市上空升起，
这城市让修士们更高贵的季节沉寂。

当我握住你纤细的手，
你悄然睁开你的大眼睛——
那是在很久以前。

然而，当黑暗的和谐造访我的灵魂，
你就在友人的秋日风景中发白地显身。

三次凝视蛋白石

给厄尔哈德·布什贝克[1]

1

凝视一块蛋白石：一个干藤覆盖的村庄，
灰色之云，黄色悬崖的沉寂，
黄昏之泉的凉意：孪生的镜子
被影子和黏糊糊的石头框起。

秋天的路径和十字路口消隐在黄昏中，
唱歌的朝圣者和血迹斑斑的亚麻织物。
孤独者的形体向内转侧，
一个苍白的天使穿越空寂的小树丛。

焚风自黑暗中吹来。苗条的女人们
与色狼、修士和苍白的色欲牧师在一起，
他们的疯狂给自己装饰可爱的暗色百合，
并抬起手，伸向上帝的金色神殿。

2

一颗潮湿的露珠呈现出玫瑰色
悬在迷迭香丛中：坟墓的气息隐去，
医院充满混乱的狂热尖叫和诅咒。
骨头从坍塌的灰色家族墓穴中爬出。

①作者小学时期的友人（1889～1960）。

欧美诗歌典藏

老人的妻子在蓝色黏液和面纱里跳舞，
她被灰尘变僵的头发凝结着黑色泪水。
少年在干皱的柳条中疯狂地做梦，
他们的额头因为麻风而光秃，粗糙不平。

柔和而温暖的黄昏穿过凸窗沉落。
一个圣人从他的黑色伤口中显身。
紫色蜗牛爬出破碎的外壳
把血喷入纠缠而僵硬的灰色刺藜。

3

盲人在溃烂的伤口里扩散焚香。
金红色的长袍，火炬，唱起的圣歌。
少女们像毒药一样拥抱主的身躯。
蜡一般僵硬的形体迈步穿过余烬和烟雾。

一个愚人引领骨瘦如柴的麻风病人
在子夜跳起的舞蹈。奇异历险的花园，
被歪曲的，做鬼脸的花朵，笑语，怪物，
在黑色刺藜丛中的滚动的群星。

哦，贫困，乞丐的肉汤，面包和芳香的韭葱，
在森林边的小屋中对生活的幻想。
天空黄色田野上硬化成灰白
晚钟遵循古老习俗而洪亮地鸣响。

夜曲

静止者的气息。一只动物的脸
蓝得僵硬，带着它的圣洁。
巨大的是石头中的沉默。

一只夜鸟的面具。三口钟轻柔的鸣响
在消逝中融为一体。埃莱！你的脸
默默地俯在浅蓝色的水上。

哦，你这寂静的真理之镜。
孤独者的象牙神庙上
出现坠落的天使被反射的光辉。

欧
美
诗
歌
典
藏

①亚拉姆语中的"我的上帝"之意，耶稣在十字架上被钉死之前叫喊："我的上
帝，我的上帝，你为何遗弃了我?"

赫利安①

在精神的孤独时辰
在阳光下沿着夏天的
黄色之墙散步是美好的。
脚步在草丛中微弱地响起，然而潘②的儿子
总是睡在灰色大理石里。

黄昏时，我们在露台上沉醉于褐色的酒。
桃子在树叶间闪烁红光，
柔和的奏鸣曲，愉快的笑声。

美丽的是夜的沉寂。
黑暗的平原上
我们与牧羊人和白色星星相遇。

当秋天来了
一种有节制的清晰就出现在小树丛里。
我们受到抚慰，沿着红墙漫步
我们睁大的眼睛跟随鸟儿的队列。
黄昏时，白色的水沉落到骨灰瓮里。

①特拉科尔诗中的一个神秘人物。
②希腊神话中半人半羊的山林和畜牧之神。

特拉克尔诗选

081

天空在秃枝里举行庆典。
农夫那纯洁的手中拿着面包和酒，
阳光明媚的卧室里，果实静悄悄地成熟。

哦，那些可爱的死者的面容多么诚挚。
然而灵魂愉悦在正义的沉思里。

巨大的是毁坏的花园的沉寂，
此时，新近皈依的年轻教徒用褐色叶片遮住双鬓，
他的气息饮下冰冷的黄金。

他的手触及浅蓝色之水的时代
或者在寒夜抚摸姐妹们的白皙面颊。

柔和而悦耳的是路过友善的房间的散步，
那里有孤寂和枫树的飒飒声，
那里也许有鸫鸟依然在歌唱。

可爱的是男人和在黑暗中的出现，
当他惊骇的时候，他移动手臂和腿，
他的眼睛在紫色眼窝里悄然转动。

晚祈时，陌生人迷失在十一月的黑色荒芜里。
在腐朽的枝条下，沿着患麻风病的墙壁，
早些时候，他神圣的兄弟去过那里，
沉浸在他的疯狂的轻柔弦乐里。

哦，晚风多么孤独地停息。
头颅奄奄一息，弯垂在橄榄树的黑暗里。

令人敬畏的是这个种族的衰微。
在这个时辰，凝视者的眼睛
充满他的群星的黄金。

黄昏时，和谐的钟鸣不再响起，
黑墙在广场边倒塌，
死去的士兵呼唤祈祷。

一个苍白的天使，
儿子走进祖先空寂的房舍。

姐妹们已经远离，走向白色的老人。
夜里，睡者在大厅圆柱下面发现她们，
从悲哀朝圣中归来。

哦，她们的头发因为污物和虫子而多么僵硬，
他以银白色的脚伫立在里面，
她们从空荡荡的屋里死者般迈步。

哦，你们——子夜火焰之雨中的圣歌，
当男仆们用荨麻鞭笞温和的眼睛，
那孩子般的接骨木果实
就在空坟上面震惊地低垂。

冬天的沉寂来临之前
发黄的月亮轻轻地滚动
在那青年的狂热的亚麻织物上。

沿着下面的汲沦谷①，高贵的命运被沉思，
谷中，雪松，这精致的造物，
在祖先的蓝色眉毛下展开，
夜里，一个牧人在牧场上引领羊群。
或者睡梦中有尖叫声，
小树丛中，当一个厚颜无耻的天使与那个人相遇，
圣人的肉体就在炽热的火栅上融化。

紫藤交织在泥土小屋周围，
回响着的发黄的麦束，
蜜蜂的嗡嗡声，鹤的飞翔。
黄昏时，复活的人在布满石头的路上相遇。

麻风病人被映照在黑色的水里，
或者他们哭泣着，朝那从玫瑰色山丘
飘来的香脂的风，敞开溅着污物的长袍。

苗条的少女穿过夜的胡同摸索，
她们可能会发现恋爱的牧羊人。
在安息日②前夕，隐约的歌声在小屋中响起。

让那首歌也想起那个少年吧，
想起他的疯狂，他的白色眉毛和他的离去，
那忧郁地睁开眼睛的腐朽的人。
哦，这种重聚多么悲哀！

黑色房间里的疯狂的台阶，

①据《圣经》记载，位于耶路撒冷东垣下。
②犹太教徒和一些基督教派认为星期六———周的第七天为休息和拜神的日子。

打开的门下的老人影子，
赫利安的灵魂凝视玫瑰色镜中的自己
雪与麻风从他的额头上飘落。

群星已经在墙上死了
光芒的白色身影。

坟墓的骨头从地毯下竖立而起，
山丘上腐朽的十字架的沉寂，
紫色夜风中，焚香美妙，惬意。

哦，你这黑色嘴唇中破碎的眼睛，
当孙子在温和的狂乱中
独自沉思更黑暗的结局，
沉默的神就在他上面垂下蓝色眼睑。

《塞巴斯蒂安在梦中》(1915)
Sebastian in Dream

塞巴斯蒂安在梦中

本部分由《童年》《时辰之歌》《在路上》《风景(第二稿)》《给男孩埃利斯》《埃利斯(第三稿)》等 15 首诗组成。

童年

接骨木缀满浆果,童年祥和地寓居在
蓝色洞穴里。往昔的小径上,
在浅褐色野草如今歌唱的地方,
宁静的枝条沉思默想,就像当蓝色的水

在石头中回响,树叶就沙沙作响。
温和的是黑鸟的哀歌。一个牧羊人
默默跟随滚下秋日山冈的太阳。

一个蓝色时刻只是更多的灵魂。
森林边,一只胆怯的鹿子出现,古老的钟声
和幽暗的小村安歇在山谷里。

你更为虔诚,知道黑暗岁月的意义,
孤独房间里的凉意和秋天,
神圣的蓝天上,闪耀的脚步不断响起。

敞开的窗户轻柔地嘎嘎作响,看见
山边腐朽的墓园,泪水就流淌
回忆被复述的传说,然而当灵魂思考快乐的人们,
幽暗的金色春日,它就有时变得明亮。

时辰之歌

情侣们幽幽地对视，
光辉的金发情侣。冻结的黑暗里
怀念的手臂脆弱地交织。

被祝福者的紫色嘴裂开。睁大的眼睛
反映出春日下午幽暗的黄金，
森林的边界与黑色，黄昏在草木中恐惧，
也许是一队难以形容的鸟，尚未诞生者的路径

掠过阴暗的村庄，穿过孤独的夏天
一个死亡的形态不时从腐朽的蓝色中走出来。

田野中，黄色谷物柔和地沙沙作响。
生活艰难的农夫晃动钢制大镰刀，
木匠连接强劲的屋椽。

秋叶变成深红，修士的精灵
穿过欢乐的日子而徘徊。葡萄成熟了，
宽敞的庭院中，空气在欢庆。
发黄的果实发出更惬意的气味，欢乐者的
笑语轻柔，阴暗地窖中的音乐和舞蹈，
薄暮的花园中，死去的男孩的脚步与沉寂。

在路上

黄昏时，她们把陌生人抬进死者的房间，
焦油气味，红色悬铃木柔和地沙沙声，
寒鸦隐秘地飞翔，一个哨兵在广场上行进。
太阳沉落在黑色亚麻织物里，这逝去的黄昏一次次归来。
隔壁房间里，妹妹弹奏舒伯特的奏鸣曲。
她的笑容悄然沉落在荒芜的喷泉里，
黄昏时，那喷泉发出浅蓝色的潺潺声。哦，我们的种族多么古老。
有人在下面花园中低语，有人留下了这黑色天空。
橱柜上，苹果发出芳香。祖母点燃金色蜡烛。

哦，秋天多么温和。古老公园中，我们的脚步
在大树下轻轻回响。哦，黄昏那紫蓝色的脸多么严肃。
你脚畔的蓝色之泉，你神秘的嘴唇的红色沉寂，
被树叶的睡眠遮蔽，腐朽的向日葵的幽暗黄金。
你的眼睑因为罂粟而沉重，在我的额头上悄悄做梦。
柔和的钟声透过胸膛颤抖。你的脸
是一片蓝的云，薄暮中降临到我身上。

陌生的小酒馆中，传来响亮的吉他伴奏曲，
那里有野生接骨木树丛，一个久逝的十一月日子。
转暗的楼梯上熟悉的梯级，棕色屋椽的视野，
美好的希望徘徊不去的敞开的窗口——
这一切都无法形容，哦，上帝，一个人颤抖着跪下。

哦，这个夜晚多么黑暗。一朵紫色火苗
在我嘴里熄灭。寂静中
焦虑的灵魂的孤独弦乐渐渐消隐。
停下吧，当头颅沉醉于酒，就掉进水沟里。

风景 (第二稿)

九月的黄昏，牧人们幽暗的叫声穿过薄暮的村庄
悲哀地回响，铁匠铺里，火焰迸出火花。
一匹没阉过的黑马狂暴地抬起前蹄，少女的紫蓝色卷发
攫取它那紫色鼻毛的热情。
森林边，雌鹿的呦呦鸣叫悄然冻结，
秋天的黄色花朵
无言地俯在水塘的蓝色面容上。
红色火苗中，一棵树焚毁，蝙蝠阴沉着脸振翅飞起。

给男孩埃利斯①

埃利斯，当黑鸟在黑林中的鸣叫，
这是你的衰微。
你的唇饮下山泉的蓝色凉意。

当你的眉额轻柔地渗透出
古代传说
和鸟儿飞翔中的隐秘暗示，停息吧。

然而，你迈着温柔的脚步
步入挂满了紫色葡萄的夜晚，
在这蓝色之中，你的双臂更加优美地移动。

一丛刺藜歌唱
在你充满月光的眼睛里。
哦，埃利斯，那么久之前，你就已经死去。

你的身躯是一束风信子，
一个修士把蜡白的手指沉浸在里面。
我们的沉默是一个黑色洞穴

一只轻柔的鹿子不时穿其而行

①埃利斯是一个神秘男孩，这个形象先后在特拉克尔的一些诗中出现过。

欧美诗歌典藏

又慢慢合上它沉重的眼睑。
黑色露珠在你的双鬓上滴落。

垂死之星最后的黄金。

埃利斯 (第三稿)

1

完美的是这金色日子的沉寂。
埃利斯，
你在古代榆树下显身，睁大眼睛歇息。

它们的蓝色反映情侣们的睡眠
情侣们的玫瑰色叹息
在你的唇上渐渐沉寂。

黄昏时，渔夫拖起沉重的网。
一个善良的牧人
赶着羊群路过林边。
哦，埃利斯，你所有的日子都多么公正。

沿着光秃的墙
橄榄树的蓝色沉寂轻轻降临，
一个老人的幽暗歌声渐渐消隐。

一只金色小船，
埃利斯，在孤独的天上摇荡的是你的心。

2

黄昏时，当埃利斯的头陷在
黑色枕头里
隐约的钟鸣在他的胸膛中发出和声。

一只蓝色鹿子
在刺藜的浓荫深处悄悄流血。

一棵褐色的树孤独地伫立在那里，
它的蓝色果实已经从枝头坠落。

预兆与星星
悄然沉落在黄昏的水塘里。

山丘那边，冬天已经来临。

夜里
蓝色的野鸽子汲饮
埃利斯的水晶之眉流下的冰冷汗水。

上帝的孤独的风
总是在黑墙边歌唱。

霍恩堡[①] (第二稿)

房子里没人，秋天充满房间，
月光明灿的奏鸣曲
还有在薄暮林边的苏醒。

你总是想象人类白色的脸
远离时间的骚乱，
绿色枝条在一个做梦的形态上面愉快地俯身，

十字架与黄昏，
星星用紫色手臂拥抱喧闹的人
他那爬上空窗的星星。

因此，当那陌生人
在一个遥远的人影上面轻轻抬起眼睑，
他就在黑暗中颤抖，风在走廊上发出的银色嗓音。

[①] 位于奥地利城市因斯布鲁克附近的城堡。1913~1914年间，特拉克尔曾数次在这里居住，当时这座城堡属于特拉克尔的友人和导师路德维希·冯·费克尔的兄弟鲁道夫·冯·费克尔。

塞巴斯蒂安①在梦中

给阿道夫·卢斯②

1

母亲在白色月光中生下这个婴儿，
在胡桃树和老接骨木的阴影中，
沉醉于罂粟之酒，鸫鸟的哀歌，
一张大胡子的脸
带着怜悯在她上面默默俯身，

在窗户的黑暗中轻轻俯身，祖传的
古老的家庭物品
腐朽，爱与秋天的梦想。

这一年的这一天因此黑暗，悲伤的童年，
那时男孩轻轻爬向下面的凉水，银色的鱼，
安宁与面容，
那时他把身躯无情地抛在狂怒的黑马下面，
在灰白的夜里，他的星星在他内心升起。

或者那时他握着母亲冰冷的手
黄昏时越过秋天的圣彼得公墓③，

---

①基督教殉道者和圣人，殉道时被乱箭射穿。

②奥地利建筑师和评论家，欧洲国际风格建筑的先驱（1870~1933），1913年与特拉克尔成为朋友。

③萨尔茨堡的一处墓地，位于一片陡峭的悬崖下面。

一具脆弱的尸体静静躺在墓穴的黑暗中
那个人在他上面抬起冷冷的眼睑。

然而，他是秃枝条上的一只小鸟，
在黄昏的十一月，钟声悠长，
他父亲的沉默，他在睡眠中走下薄暮的旋梯。

2

灵魂的安宁。孤独的冬日黄昏，
古老池塘边牧人幽暗的身影，
稻草棚中的小孩，哦，面容
多么轻柔地陷入黑色的狂热。
神圣的夜。

或者那时他握着父亲坚硬的手
他默默地攀爬黑暗的骷髅地①
在转暗的岩石缝中
蓝色的人影穿过他的传说，
深红的血从心下面的伤口中流出。
哦，黑暗的灵魂中，十字架多么轻柔地升起。

爱，当积雪在黑色角落融化，
一股蓝色微风欢快地纠缠在老接骨木丛中，
纠缠在胡桃树的阴影之拱里，
一个玫瑰色天使对男孩悄然显身。

快乐，当黄昏奏鸣曲在凉爽的屋里响起，
从褐色的屋椽上

①即各各他的别名，耶稣被钉死在十字架上的地方。

一只蓝色蛾子爬出银白色的茧。

哦，死亡的临近。石墙中
一颗黄色头颅俯下，孩子沉默，
月亮在那个三月里就腐朽了。

3

玫瑰色复活节钟声在夜的墓穴
和群星的银色嗓音里，
疯狂的黑暗从睡者的额头上一阵阵落下。

哦，走向蓝色河边多么安宁，
沉思被遗忘的事物，此时鸫鸟从绿枝上
把陌生的东西呼唤到颓败里。

或者那时他握着老人枯瘦的手，
黄昏时在城市倒塌的墙边散步，
那个人在黑色斗篷中带着一个玫瑰色小孩，
恶的精灵在胡桃树的阴影中出现。

在夏天的绿色台阶上摸索。哦，花园
多么柔和地腐烂在秋天褐色的沉寂里，
老接骨木的芳香与忧郁，
当笼罩在塞巴斯蒂安的阴影中，天使的银色嗓音就死寂。

沼泽上 （第三稿）

黑风中的流浪者，在沼泽的寂静中
干枯的芦苇轻轻低语。灰白的天空上
一群野鸟以十字阵形
翱翔在幽暗的水上。

骚动。废弃的村舍里
腐败拍动黑翅飞起来。
残废的桦树在风中叹息。

废弃的小客栈里的黄昏。回家的路
沉浸在吃草的畜群温和的忧郁里。
夜的幻象：蛤蟆从银色的水中跃起。

在春天

积雪悄然沉陷于黑暗的脚步，
树木的影子中
情侣们抬起玫瑰色的眼睑。

星星与夜晚
始终跟随船夫幽暗的叫喊，
他们的船桨轻轻拍击时间。

坍塌的墙边，紫罗兰
即将开放，
孤独者的双鬓将悄然变成绿色。

兰斯①的黄昏 (第二稿)

穿过夏天隐退的光流浪
经过发黄的麦束。粉刷过的拱桥下
燕子飞进飞出，我们饮着烈酒。

美丽：哦，忧郁和紫色的笑语。
黄昏与草木隐秘的芳香
用阵雨冷却我们燃烧的眉毛。

银色的水涓涓流过森林的台阶，
夜，酩酊大醉，一个被遗忘的生命。
朋友，进入村庄覆满落叶的路径。

①奥地利因斯布鲁克附近的一个村庄。

在蒙彻斯山^① （第二稿）

秋天的榆树阴影中，腐朽的路径沉陷，
那里远离树叶小屋，沉睡的牧人，
凉意的隐秘形态始终尾随流浪者

走过瘦骨嶙峋的小径，男孩的紫蓝色嗓音，
轻轻讲述森林被遗忘的传说，
兄弟疯狂的悲叹，如今更柔和，患病。

如此稀疏的草木触及陌生人的膝，
那变成石头的头颅，
更近的蓝色泉水淙淙低诉女人们的悲叹。

①萨尔茨堡城中的一座山丘，海拔 540 米。

卡斯帕尔·豪塞尔①之歌

给贝西·卢斯②

他真的热爱从山丘上降临的深红色太阳，
森林的路径，唱歌的黑鸟
和草木的快乐。

严肃的是他在树荫中的居所
纯洁的是他的面容。
上帝把一片柔和的火苗述说到他的心里：
人啊！

黄昏时，他悄然的脚步找到了城市，
他的嘴唇的隐秘悲叹：
我想成为一名骑手。

然而，灌木与野兽尾随他，
马匹与白色的人的幽暗花园
他的谋杀者寻找他。

正义者的春天，夏天和美丽的
秋天，他轻盈的脚步

---

①卡斯帕尔·豪塞尔（1812～1833），出现在德国纽伦堡街头的一个神秘而野性的男孩。他穿着农夫的衣服，几乎不能说话，过着流浪的生活，后来被陌生人杀死。法国象征主义诗人魏尔伦也曾写过这个人物。

②阿道夫·卢斯的妻子，英国人，嫁给卢斯之前是舞蹈演员。特拉克尔在1913年8月去维也纳的旅行时，与这对夫妇结下了深厚的友谊。

走过梦者黑暗的卧室。
夜里，他独自与他的星星在一起，

看见雪花飘落在秃枝上，
转暗的过道中，谋杀者的影子。

未诞生者的头颅白银般低垂。

在夜里

我眼睛的蓝色在这个夜里熄灭，
我心灵的红色金子。哦，灯盏燃得多么寂静！
你的蓝色斗篷罩住那坠落的人，
你的红色嘴唇封闭你友人的狂乱。

恶的变形 (第二稿)

秋天：森林边缘的黑色脚步，无言的毁灭时刻，麻风病人的额头在光秃的树木下窃听。久逝的黄昏如今沉落在长满青苔的阶梯上，十一月。一口钟鸣响，牧人把一群黑色和红色的马引进村里。榛树丛下，绿色猎人挖出一只鹿子的内脏。他的手从血液中冒出腾腾热气，在这个人的眼睛上面的树叶间，鹿子的影子在褐色沉寂中叹息，褐色而缄默，森林。三只乌鸦散开，它们的飞翔是一首奏鸣曲，充满消隐的和声和男人的悲伤，一片金色的云悄然消融。男孩们在碾磨旁升起一堆火。火焰是最苍白的人的兄弟，他埋在他的紫色头发中大笑，要不然这是一条石路旁的谋杀之地。小檗属植物的浆果消失了，一个梦幻常年在松树下的沉闷空气中持续，恐惧，绿色黑暗，一个淹死的人发出的汩汩声。渔夫从缀满星星的水塘中拖拽一条黑色大鱼，满脸残忍与疯狂。芦苇的声音，在后面争吵的人们的声音，那个人摇着一只红色小舟渡过秋天冰冷的水域，生活在他种族的隐秘传说中，他的眼睛在夜晚和原始恐惧上无情地睁开。恶。

是什么驱使你悄然伫立在你祖先的房舍中那腐朽的楼梯上？铅一般的黑。你用你银白色的手把什么东西举到你的眼前，你的眼睑垂下，仿佛沉醉于罂粟？然而你透过石墙看见星空，银河，土星，红色。裸树狂乱敲击石墙。你在腐朽的楼梯上：树，星星，石头！你，一只轻轻颤抖着的鹿子；你，在黑色祭坛上把那鹿子献祭的苍白的牧师。哦，你在黑暗中的笑容，如此悲哀而邪恶，因此，一个孩子在睡眠中变得苍白。一朵红火跃出你的手，一只夜蛾在火焰中燃烧。哦，光芒的长笛，哦，死亡的长笛。是什么驱使你悄然伫立在你祖先的房舍中那腐朽的楼梯上？下面，一位天使用水晶手指轻叩大门。

哦，睡眠的地狱，黑暗的小巷，褐色的小花园。死者的形态轻轻穿过蓝色黄昏回响。绿色小花在它们四周振动，它们的脸已经放弃了它们。要不然，在走廊的黑暗中，它苍白地躬身于谋杀者冰冷的额头上。崇拜，色欲的火焰，快要熄灭，睡者在黑色阶梯上陷入黑暗。

有人把你留在十字路口，你久久地回顾。残废的小苹果树影中的银色脚步。果实在黑色枝条中幽幽闪发紫光，蛇把皮脱在草丛中。哦，黑暗，冰冷的额头流出的汗，酒中的悲哀的梦幻，在被烟熏黑屋椽下的乡村小酒馆里。你，依然是荒野，那荒野使用魔法，把玫瑰色的岛屿从褐色的烟草之云中召唤出来，当它在大海、暴雨和冰里搜寻岩石的时候，从它的内部拉出一个格里芬①的疯狂叫声。你，绿色金属里的火焰之脸，想要出来，从骨头的山丘上歌唱黑暗的时代和天使带着火焰的坠落。哦，绝望，随着无声的尖叫而双膝跪下。

一个死者拜访你。自我溢洒的血从心里流出来，在那个黑色眉毛上，巢居着难以形容的时刻，隐秘的相遇。你——一轮紫色的月亮，出现在橄榄树的绿色影子里。永恒的夜追随他。

①希腊神话中身躯、后腿和尾巴似狮，头、翼和前足似鹰的怪兽。

孤独者的秋天

本部分由《公园中》《冬天的傍晚(第二稿)》《被诅咒者》《索尼娅》《向前》《秋天的灵魂(第二稿)》《阿芙拉(第二稿)》《孤独者的秋天》8 首诗组成。

公园中

再度漫游在古老的公园，
哦，黄色与红色花朵的沉静！
温和的众神，你们也悲哀，
还有那榆树在秋天灿发的黄金。
芦苇静立在浅蓝色水塘里，
黄昏时，鸫鸟的声音渐渐停息。
哦，因此在你祖先那坍塌的石像前
你也该深深地俯下额头。

冬天的傍晚 (第二稿)

当雪花飘向窗户，
晚祈的钟声长鸣，
餐桌为很多人摆好
房子布置得井井有条。

很多旅行的人
在黑暗的路上来到栅门。
从大地凉爽的体液中
恩惠之树开放成金色。

流浪者默默步入，
痛苦硬化了门槛。
在纯洁的光亮中
面包和酒在餐桌上炽热。

被诅咒者

1

黄昏降临。老妇们走向水井。
红色在栗树的黑暗中发出笑声。
店铺飘来一股面包香味
向日葵在栅栏上低垂。

河边，小酒馆的声音依然柔和而静谧。
吉他哼唱，一阵硬币的叮当声。
一个光环落到那个小女孩身上
她温柔而苍白，在玻璃门前等待。

哦，她在窗玻璃中唤醒的蓝色光辉，
四周围绕着刺藜，忧郁而僵直得入迷。
一个枯槁的文书仿佛神志不清
把微笑投入狂乱咆哮的水里。

2

黄昏时，瘟疫毗邻她的蓝衣
一位不祥的客人轻轻关上门。
枫树的黑色重负穿过窗户低垂，
一个男孩把额头贴在她的手心。

她的眼睑常常沉重而邪恶地垂下。
那男孩的双手轻轻抚过她的头发，
他的泪珠灼热而清澈
掉进她那空寂的黑色眼窝。

在她那受尽折磨的子宫里
一窝深红的蛇倦怠地翻腾。
她的双臂松开一个死去的形体
那形体被一块地毯的悲哀包围。

3

一口钟在褐色的小花园鸣响。
蓝色漂浮在栗树的黑暗里，
一个陌生女人优美的外衣。
木樨草的芳香，恶的炽热的

感觉。潮湿的额头寒冷而苍白
在老鼠掠夺的垃圾上面俯下，
被深红色的群星闪烁围绕着洗涤，
花园中，甜熟的苹果轻轻坠落。

夜晚漆黑。幽灵般的焚风吹拂
那梦游的孩子的白色睡衣
死者的手悄悄伸向
他的嘴。索尼娅①的笑容温和而美丽。

———————

①俄罗斯姓氏中索菲娅的缩写形式。特拉克尔诗里的索尼娅，是指俄罗斯作家陀
斯妥耶夫斯基的小说《罪与罚》中的人物索尼娅·马尔梅拉多娃。她虽然是个妓女，
却有情有义，甘愿追随她的爱人、刺客拉斯科尔尼科夫流放到西伯利亚。

索尼娅

黄昏回归古老的花园，
索尼娅的生活，蓝色的寂静。
野鸟准备遥远的流浪，
秋天沉寂中的秃树。

在索尼娅的白色生活上
向日葵轻轻地俯身。
一个始终隐匿的红色伤口
需要生活在黑暗的房间，

蓝色的钟在房间里长鸣，
索尼娅的脚步与温和的寂静。
垂死的动物在消亡中问候，
秋天沉寂中的秃树。

古代日子的太阳照耀
在索尼娅发白的眉毛上，
雪弄湿她的双颊
和她眉额的荒野。

向前

收获的是谷物和葡萄，
秋天宁静的小村庄。
锤与砧不停地叮当作响，
紫色叶簇中的笑语。

给白色的孩子带来
生长在隐秘栅栏边的紫菀。
说出我们死去了多久。
太阳即将黝黑地升起。

水塘中的红色小鱼，
恐惧地聆听自己的额头，
晚风在窗前轻轻呻吟，
风琴单调的蓝色声音。

星星与秘密的闪烁
再次吸引人抬头仰望。
母亲在痛苦与恐惧中出现，
黑暗中，黑色的木樨草。

秋天的灵魂 (第二稿)

猎人的叫喊，猎犬的吠叫，
在十字架与褐色山丘那边
水塘之镜变得温和而模糊，
鹰，发出刺耳而清晰的尖叫。

收获后的田野和路上
黑色的沉寂已经带来恐惧，
枝条中纯洁的天宇，
唯有小溪平静而安详地流淌。

鱼和鹿子即将溜走。
蓝色的灵魂，隐秘的流浪
即将把我们从爱人和其他人那里分离。
黄昏改变感觉和影像。

正义之生命的面包和酒，
上帝，在你温和的手中
人类放下黑暗的结局，
所有罪孽和红色痛苦。

阿芙拉① （第二稿）

一个棕色头发的孩子。祈祷与阿门
悄然暗淡黄昏的凉意
阿芙拉的红色笑容，在向日葵的
黄色框架中，在恐惧和灰白的沉闷里。

修士穿着蓝色斗篷，很久以前
看见她被虔诚地绘画在教堂的窗上，
当她的星星穿过他的血液反复出没，
这依然是穿越苦难的友善的护送。

秋天没落，接骨木的沉寂。
水的蓝色波纹触及额头，
一件粗毛衣物放在棺材架上。

腐烂的果实从枝头坠落，
难以形容的是众鸟的飞翔，与垂死的人
相遇，接着是黑色岁月来临。

---

①即圣阿芙拉，基督教早期殉道者和天主教圣人。公元304年，她因坚持信仰而
被烧死于火刑柱上。

孤独者的秋天

幽暗的秋天带着果实和丰裕归来，
可爱的夏日发黄的闪光。
一种纯蓝挣脱腐烂的外壳，
鸟儿的飞翔从古代传说中回响。
葡萄酒被榨取，温和的寂静
用寂静的答案解答隐秘的提问。

荒芜的山丘上，到处耸立着十字架，
一群牲口迷失在红色森林里。
云朵在水塘之镜上面流浪，
农夫平静的举止归于沉静。
黄昏的蓝色翅膀，很轻地掠过
一片干稻草的屋顶，掠过黑色土地。

群星即将在疲倦者的额头上筑巢，
悄然的谦逊进入凉爽的房间
天使从情侣们的蓝色眼睛悄悄
迈步，情侣们痛苦更柔和。
当黑色露珠从赤裸的柳树上下滴，
芦苇就沙沙作响，瘦骨嶙峋的恐怖就升起。

死亡七唱

本部分由《安眠与沉寂》《阿尼夫》《诞生》《衰微(第五稿)》《给夭亡者》《精神的黄昏(第二稿)》《西方的歌》等 15 首诗组成。

安眠与沉寂

牧人把太阳埋葬在荒凉的森林里。
一个渔夫
用头发之网从冻结的水塘中拖拽月亮。

苍白的人
居住在蓝色水晶里，面颊倚在他的群星上，
或者，他在紫色睡眠中俯首。

然而，鸟的黑色飞行总是感动
观看者，蓝色花朵的圣洁。
附近的沉寂思考被忘却的事物，灭绝的天使。

月照的石头中，额头再度变成夜晚。
充满光的青春，
妹妹出现在秋天和黑色的腐败里。

阿尼夫①

回忆：鸥鸟，滑过男子般忧郁的
幽暗天空。
你悄然生活在秋天的椴树阴影中，
沉落在山丘正义的尺度里。

当黄昏来临，你总是
沿着绿色河流散步，
共鸣的爱情，幽暗的鹿子宁静地遭遇

一个玫瑰色男人。沉醉于淡蓝色天气，
额头擦过垂死的叶簇
母亲真诚的脸沉思，
哦，万物怎么沉没在黑暗里。

严肃的居室和祖先的
古代器具。
这些东西震撼陌生人的胸膛。
哦，你们这些预兆和星星。

巨大的是已经诞生者的罪孽。悲哀，当灵魂梦见
更凉爽的花朵时
你们死亡的阵阵金色战栗。

特拉克尔诗选

---

①萨尔茨堡海尔布伦宫附近的城堡。

秃枝上，夜鸟总是鸣叫
在月光照亮的人迹上面，
一股寒风沿着村庄的墙呻吟。

诞生

群山：黑色，静谧和积雪。
红色猎队从森林中走下来，
哦，鹿子那青苔覆盖的凝视。

母亲的沉默，黑色枞树下
衰微的冷月出现时
沉睡的手张开。

哦，人类的诞生。夜里，蓝色的水
在布满岩石的土地上潺潺低语，
坠落的天使看见他的影子，叹息，

苍白的形态在发霉的屋里苏醒。
两轮月亮，
石头老妇的眼睛闪耀。

悲哀，分娩的尖叫。夜晚用黑翅
触动男孩的双鬓，
雪花从紫色的云中轻轻飘落。

衰微 (第五稿)

给卡尔·波罗米欧斯·海因里希①

白色水塘上面
野鸟已经飞走。
黄昏时，冷风从我们的星星吹来。

我们的坟墓上面
夜晚那破碎的额头低俯。
橡树下，我们荡起银色小舟。

城市白色的墙始终回响。
刺藜拱廊下面，
哦，我的兄弟，我们这些盲目的指针朝着子夜攀登。

①卡尔·波罗米欧斯·海因里希（1884~1938）是杂志《煤气灯》的合作者之一，编过特拉克尔的诗，与特拉克尔成为朋友。

给夭亡者

哦，黑天使，当我们在浅蓝色的喷泉边
成为黄昏里温柔的游戏伙伴
你就从树木里面轻轻迈步而出。
秋天褐色的寒意中，我们的脚步平静，我们大睁着眼睛，
哦，群星紫色的惬意。

然而，他走下蒙彻斯山的石阶，
脸上带着蓝色笑容，奇异地困在
他更寂静的茧一般的童年里面，死去，
他友人的银色面容留在花园，
在叶簇或古代石头中聆听。

灵魂歌唱死亡，肉体的绿色腐败，
那是森林的飒飒声，
鹿子炽热的哀歌。
黄昏的塔楼上，总是传来蓝色的晚钟。

当他看见紫色太阳中的影子，时刻就来临，
秃枝中腐朽的影子，
黄昏时，当黑鸟在薄暮的墙边歌唱，
夭亡者的幽灵就悄然出现在屋里。

哦，那从歌唱者的喉咙奔流的血，
蓝色的花，哦，火焰的泪

泣落在夜里。

金色的云和时间。在一间孤独的屋里
你常常邀请死者来访，作客，
榆树下，你们沿着绿色河流漫步，亲密交谈。

精神的黄昏 （第二稿）

森林边，默默遭遇
一只深色的鹿子。
晚风在山丘上温顺地死去。

黑鸟的哀歌渐渐消隐，
秋天柔和的长笛
在芦苇中沉寂。

你在一片乌云上
沉醉于罂粟，
游历夜间的水塘。

星空。
妹妹那月亮般的嗓音
始终穿过神圣的夜回响。

西方的歌

哦，灵魂的翅膀在夜间拍击：
我们牧人曾经穿过薄暮的森林，
红色鹿子，绿色花朵和潺潺小溪，
谦卑地跟随。哦，蟋蟀的古代音符，
盛开在献祭之石上的血液，
水塘的绿色寂静上，孤鸟鸣叫。

哦，你们，征战和闪亮的
肉体折磨，黄昏的花园
紫色果实坠落，虔诚的信徒很久以前在那里行走。
如今，士兵们从伤口和缀满星星的梦中醒来。
哦，夜晚的一束束柔和的矢车菊。

哦，你们，宁静的季节和金秋，
我们安宁的修士压榨紫色葡萄之际，
山丘和森林在四周闪烁微光。
哦，你们，猎队和城堡，黄昏的歇息，
人在我是里沉思正义的事情，
在沉默的祈祷中，为上帝活着的头而奋争。

哦，衰败的辛酸时刻
我们在黑水中看见一张石头之脸。
然而，情侣们抬起闪耀的银色眼睑：
他们融为一体。焚香从玫瑰色的枕头中
和复活者的美妙之歌里流淌出来。

变形

当黄昏降临，
一张蓝色的脸离开你。
一只小鸟在罗望子树上歌唱。

一位温和的修士
合拢死去的手。
白色天使拜访圣母。

一个由紫罗兰、谷物
和紫葡萄织成的夜间花环，
是观察者的岁月。

在你的脚畔
死者的坟墓开启，
你把额头贴在你银色的手里。

秋月
悄然居于你的嘴上，
沉醉于罂粟酒的隐秘之歌。

蓝色的花，
在发黄的石头中轻柔地鸣响。

焚风

风中盲目的悲叹，月亮的冬日，
童年，脚步轻柔地消隐在黑色树篱附近，
黄昏之钟悠悠长鸣。
白夜悄然临近，

把痛苦和烦恼变为无情生活的
紫色的梦，
因而刺藜从未停止刺戳腐朽之躯。

在深深的梦中，恐惧的灵魂发出叹息。

断树上深沉的风，
母亲悲哀的形态
蹒跚地穿过这缄默的

悲伤的孤独森林，充满
泪水与火焰天使的夜晚。
一个孩子的银色骨架撞碎在光秃的墙上。

流浪者 (第二稿)

白夜始终倚靠在山丘上，
那里，白杨树高耸在白银的音调里，
星星与石头

在沉睡，小桥在激流上拱起，
一张死去的脸追随男孩，
弯弯的月亮在玫瑰色的峡谷里

远离赞美的牧人。古老的石头中
蛤蟆用水晶之眼凝视，
盛开的风醒来，死人般的人的鸟鸣，
他的脚步在森林中悄然呈现绿意。

这让人想起树木与动物。青苔的缓慢脚步，
还有那闪烁着
沉入悲哀之水中的月亮。

他再次归来，走在绿色岸上，
摇着褐色的贡多拉①，穿越倒塌的城市。

---

①威尼斯特色小艇，细长，两头上翘，穿行在威尼斯的大小运河之间。

卡尔·克劳斯

真理的白色主教，
水晶般的嗓音，里面寓居着上帝冰冷的气息，
愤怒的魔术师，
他燃烧的长袍下面，武士的蓝色甲胄碰撞作声。

致沉默的人

哦，大城市的疯狂，黄昏时
残废的树在黑墙边僵硬，
恶的精灵从一个银色面具中凝视。
光芒用磁性的灾祸消散石头般的夜。
哦，晚钟消隐的声调。

妓女，在冰冷的颤抖中产下死婴。
上帝的愤怒鞭笞入迷者的额头，
紫色瘟疫，击碎绿色眼睛的饥饿。
哦，黄金恐怖的笑声。

然而，在黑暗的洞穴中，更缄默的人性悄悄流血，
从坚硬的金属中塑造出赎罪的头颅。

激情 (第三稿)

当银色的俄耳甫斯①轻抚竖琴，
在黄昏的花园里哀悼死者，
那歇息在高树下的你是谁？
这悲叹让秋天的芦苇沙沙作响，
蓝色的池塘，
在绿树下渐渐消隐
跟随妹妹的影子，
一个野蛮种族的
隐秘之爱，
从那里面，日子在金色的轮子上奔驰。
沉寂的夜。

阴暗的枞树下
两只狼在无情的拥抱中
融合它们的血，金色形态的云
消失在小径上面，
童年的耐心与沉默。
脆弱的尸体再度出现在
特里同②的水塘边，
沉睡在它紫蓝色的头发里。
哦，那凉爽的头颅终将破碎！

①传说中的色雷斯歌手，据说他能用音乐让野兽俯首、顽石点头。
②希腊神话中的海神，下半身像鱼，有一个海螺壳。

因为一只蓝色鹿子总是跟随，
眼睛在薄暮的树下窥视，
沿着这些更暗的路径，
醒着，被夜间的旋律感动，
温和的疯狂，
或者那琴弦的声音
在那石头之城里
在忏悔者凉爽的脚下
充满隐秘的狂喜。

死亡七唱

泉水暗淡成浅蓝色，吮吸的树下
黑暗形态穿过黄昏和颓败漫游，
倾听黑鸟柔和的哀歌。
夜晚在沉寂中出现，一只流血的鹿子，
在山丘上慢慢倒下。

潮湿的空气中，开花的苹果枝摇曳，
迷宫似的形态银白地放松自己，
从夜间的眼里渐渐隐退，陨落的星星，
童年温和的歌。

睡者更远地出现，从黑森林走下来，
一股蓝色泉水在山谷中潺潺低语，
因而在他那带着雪意的脸上
他悄然抬起苍白眼睑。

月亮从洞穴中追逐
一只红色动物，
女人们幽隐的哀歌在叹息中消失。

更灿烂的白色陌生人
朝他的星星举起手。
一个死去的形态默默离开坍塌的房舍。

哦，腐朽的人影：由冰冷的金属形成，
夜晚和沉陷的森林的恐惧
动物烧焦的荒野，
灵魂之风的平静。

他乘着浅黑色之舟漂下微光闪烁的河流，
河里充满紫色星星，绿色粗枝
平静地落在他上面，
来自银色之云的罂粟。

冬夜

雪花已经飘落。你在子夜后离开，沉醉于紫色的酒，背弃人们幽暗的领地，他们的炉膛里的红色火苗。哦，黑暗。

黑色的霜。泥土坚硬，空气具有苦涩味。你的星星形成不祥的预兆。

你迈着僵硬的脚步，沿着铁路斜坡行走，睁大了眼睛，像一个冲向黑色堑壕的士兵。前进！

刺骨的雪和月亮！

一个天使扼杀的红狼。迈步中，你的腿像蓝色的冰发出破裂的声响，一朵充满悲伤和傲慢的笑容把你的脸变成石头，你的额头在霜的欲望前面变得苍白；

要不然，在一个酣睡于木屋中的守夜人的睡眠上面，它默默地俯身。

霜和烟。一件星星的白衬衣焚烧那穿着它的肩头，上帝的鹰鸷撕裂你金属般的心。

哦，岩石嶙峋的山丘。凉爽的躯体默默融化，被遗忘在银白色的积雪里。

睡眠是黑色的。你的耳朵在冰里久久沿着星星的路径而行。

当你醒来，教堂的钟声在村里鸣响。玫瑰色的白昼穿过东方的栅门，带着银白的光走出来。

本部分由《在威尼斯》《地狱边境》《太阳》等 11 首诗组成。

在威尼斯

夜间屋里的沉寂。
在孤独者的
唱歌的气息前
银色烛台闪忽银光，
被迷惑的玫瑰云。

苍蝇的黑色群集
暗淡这石头房间，
无家可归者的头颅
从金色日子的痛苦中
专注地凝视。

静止的大海注满夜色。
星星与黑色航程
在运河上消失。
孩子，你病态的笑容
轻轻萦绕我的睡眠。

地狱边境

沿着秋天的墙，影子
在寻找山丘上鸣响的黄金，
晚云，放牧
在枯萎的悬铃木的宁静里。
这个时代呼吸更暗的泪水，
诅咒，此时梦者的心
溢出紫色晚霞，
冒烟之城的绝望。
金色的凉意从墓地漂浮，跟随
在散步者——那陌生人后面，
仿佛脆弱的尸体在阴影中尾随。

石头建筑悄悄鸣响，
孤儿们的花园，不祥的医院，
运河上红色的船。
在黑暗中做梦，
腐朽的人起身又倒下，
天使们眉头冰冷
从微黑的栅门显身，
母亲们蓝色的死亡悲叹。
火焰之轮穿过她们长长的
卷发而滚动，圆圆的日子
大地无终的痛苦。

没有意义的凉爽之屋里
器具腐朽，邪恶的童年
用骨瘦如柴的手
在蓝色中摸索童话故事，
肥硕的老鼠咬啮门和橱柜，
一颗心
在雪一般的沉寂中僵硬。
饥饿的深红色诅咒
回响在腐朽的黑暗里，
谎言的黑色之剑，
仿佛青铜栅门砰然关闭。

太阳

黄色太阳每天降临到山丘上。
美丽的是森林，深色的动物，
人，猎人或牧人。

绿色水塘中，红色的鱼浮升。
圆圆的天空下
渔夫悄然驾驶一叶蓝色小舟。

葡萄和谷物慢慢成熟。
当寂静的白日衰落，
善与恶都准备就绪。

当夜幕降临，
流浪者轻轻抬起沉重的眼睑，
太阳摆脱黑暗的深渊。

被捕获的黑鸟之歌

给路德维希·冯·费克尔

绿色枝条中隐秘的气息。
蓝色小花悬浮在孤独者的
面庞周围，那金色的脚步
在橄榄树下渐息。
夜晚振动沉醉的翅膀。
谦卑如此轻柔地扩散，
开花的刺藜上慢慢滴落的露水。
充满光的手臂的同情
拥抱一颗正在破碎的心。

夏天

黄昏时，布谷鸟的哀歌
在森林中渐渐沉寂。
谷物俯得更深，
红色的罂粟。

山丘上面
黑色暴雨发出威胁。
蟋蟀古老的歌
在田野上渐息。

栗树的叶片
不再颤动。
旋梯上，你的睡袍
沙沙作响。

漆黑的屋里
蜡烛默默地闪烁，
一只银色的手
把它熄灭，

风抚哄没有星星的夜。

夏天的衰微

绿色的夏天如此沉寂，
你水晶般的面容。
花朵在黄昏的水塘边死去，
黑鸟鸣叫，受惊。

生命徒劳的希望。房舍里
燕子已经准备旅行，
太阳沉落在山丘上，
夜晚已经召唤通往星星的旅程。

村庄的寂静，空寂的森林
在四周回响。心
如今更加可爱地
在平静入睡的女人上面俯身。

绿色的夏天如此沉寂，
陌生人的脚步
穿过银色的夜晚回响。
一只蓝色鹿子会想起他的路径，

他神圣岁月的和谐！

岁月

童年幽暗的沉寂。绿意盎然的桉树下
温和的蓝色凝视享受盛宴，金色的安眠。
紫罗兰的芳香迷惑黑暗的形态，黄昏时
摇曳的谷穗，种子和悲哀的金色影子。
木匠用斧子修饰屋梁，薄暮的山谷里
水磨碾动，一张紫色的嘴在榛树叶中拱起，
阳性的红意在沉寂的水上俯身。
秋天寂静，森林的精灵，一片金色的云
跟随孤独者，那孙子的黑影。
石屋中的衰落，年老的柏树下
夜间的泪水影像在源泉聚集，
开始的金色眼睛，结束的隐秘耐心。

西方 (第四稿)

颂扬并献给埃尔西·拉斯克尔–许勒①

1

月亮，仿佛是死去之物
从蓝色洞穴里显身，
越过岩石嶙峋的小径
很多花朵飘落。
生病的银色之物
在黄昏的水塘边哭泣，
在黑色小船里
情侣们横七竖八地死去。

要不然埃利斯的脚步
透过小树丛回响，
呈现出紫蓝色，
在橡树下再度消隐。
哦，男孩的身影
是由水晶的泪水
夜间的影子构成。
当春雷回响
在绿意盎然的山丘上，

①20世纪初德国表现主义女诗人（1869~1945）。特拉克尔曾于1914年3月与她在柏林相遇。许勒曾经也写过一首《格奥尔格·特拉克尔》（1915）的诗。

锯齿形的闪电就照亮
他那总是凉爽的双鬓。

2

如此安静的是我们家园的
绿色森林，
垂死在一堵
倒塌之墙上的水晶波浪。
我们在睡眠中哭泣。
夏天的黄昏里
沿着带刺的树篱
歌手迈着踟蹰的脚步徘徊，
在远处灿烂的
葡萄园神圣的安宁中，
影子们如今处于夜晚
凉爽的子宫里，悲哀的鹰。
一束月光轻轻合拢
悲伤的紫色伤口。

3

你伟大的城市
在平原上
从石头中拔地而起！
无家可归的人
额头暗淡，
如此无言地追随风，
山边的秃树。
你那在远方闪烁的河！
幽灵般的日落
在雷雨云中

搅动狂暴的恐惧。
你垂死的人！
苍白的波浪
破碎在夜晚的海岸上，
陨落的星星。

灵魂的春季

睡梦中的叫喊，风吹过黑色街道，
春天的蓝透过断裂的枝条召唤，
紫色的夜露，群星在四周消隐。
浅绿色河流转暗，古老大街和城市塔尖
呈现出银白。哦，滑行的小船中
微微的醉意，天真的花园里
黑鸟幽幽的鸣叫。玫瑰色面纱已经稀薄。

水庄严地低语。哦，牧场潮湿的影子，
迈步的动物，绿色草木，开花的树枝
触及水晶之眉，摇荡的小船闪烁。
在山上玫瑰色的云中，太阳悄然歌唱。
无垠的是松林的沉寂，河边严肃的影子。

纯洁，纯洁！死亡的可怕之路，
灰白石头的寂静之路，夜晚的岩石
和不安的影子在哪里？阳光灿烂的深渊。

妹妹，当我在森林中的一处空旷地
找到你，当那是正午和动物辽阔的沉寂，
野橡树下的白色，刺藜就开放成银白色。
巨大的死亡和歌唱燃烧在心里。

更幽暗水围绕鱼类美妙地闪耀而流淌。
悲悼的时辰，太阳沉默的景象，
灵魂，这个大地上的异乡者。神圣的蓝色降临在
被砍伐的森林上，一口不祥的钟
在村里悠悠长鸣，安宁的伴侣。
死者的白色眼睑上，桃金娘默默开放。

水在沉沦的下午轻轻低语，
岸上的荒野变成更深的绿色，玫瑰色风中的快乐，
黄昏时，山边响起的兄弟的温和之歌。

黑暗中 (第二稿)

灵魂在蓝色的春季沉寂。
黄昏潮湿的树枝下
情侣的额头颤抖着低垂。

哦，绿意萌生的十字架。隐秘的交谈中
男人和女人相互认识。
沿着光秃的墙
孤独的人与他的星星同行。

月光皎洁的林道上
被遗忘的狩猎的
荒野陷落，蓝色凝视
冲破崩溃的岩石。

亡故者之歌

给卡尔·波罗米欧斯·海因里希

鸟儿的飞翔充满和谐。夜幕降临时
绿色树林朝着更寂静的小屋聚集,
雌鹿的水晶牧场。
黑暗平息小溪的拍溅声,潮湿的影子

和夏天的花在风中美妙地鸣响。
沉思者的额头已渐入黄昏。

善良是一盏小灯,在他心中闪耀,
进餐时的安静,因为面包和酒
被上帝的手祝福,你的兄弟从夜间的眼里
悄然凝视你,因此他可能从痛苦的流浪中歇息。
哦,在夜晚那深情的蓝色中栖居。

房间的沉寂也亲切地拥抱老人的影子,
紫色殉道者,那强大种族的哀歌
如今在孤独的孙辈中虔诚地逝去。

因为从疯狂的黑色时刻里
受难者总在硬化的门槛上更为灿烂地苏醒,
凉爽的蓝色拥抱他,拥抱秋天无限闪耀的衰微,

寂静的房舍和森林的传说,
尺度和法则,还有亡故者那月光照亮的路径。

梦幻与错乱

　　黄昏时，父亲变成老人；黑暗的屋里，母亲的脸变成石头，一个被贬低的种族的诅咒重压在男孩身上。他不时想起自己的童年，充满疾病、恐怖和黑暗，在星光花园中的秘密游戏，或者在黄昏的庭院中喂老鼠。他妹妹的苗条身影从蓝色之镜里显出，他仿佛死了一般地冲进黑暗。夜里，他的嘴像红色果实迸裂，星星闪烁在他无言的悲伤上面。他的梦中满是祖先们的古老房子。黄昏里，他喜欢走过颓败的墓地，或者观察转暗的墓室中的尸体，那些尸体美丽的手上，布满腐败的绿色污斑。在女修道院的大门前，他乞讨一块面包，一匹黑马的影子跳出黑暗，让他受惊。当他躺在凉爽的床上，无法形容的泪水压倒了他。但是没有人把手放在他的额头上。当秋天来临，他在褐色牧草场上行走，独具慧眼。哦，疯狂的迷幻时刻，绿色河边的黄昏，狩猎。哦，灵魂，轻轻唱起那枯黄的芦苇之歌，火焰的虔诚。他长久而默默地注视蛤蟆那布满星星的眼睛，用颤抖着的手触摸古代石头的凉意，讲述蓝色之泉由来已久的神圣传说。哦，银白色的鱼和果实从跛脚的树上坠落。他脚步的和声用对人类的骄傲和轻蔑来注满他的内心。回家路上，他偶然遇见一座废弃的城堡。崩溃的众神站在花园中，把所唱的哀歌散入黄昏。然而，这在他看来是：我在这里度过了被遗忘的岁月。一台风琴的赞美诗用上帝的颤抖注满他。但他在黑暗的洞穴里度过了自己的日子，撒谎、行窃、隐藏自己，一只燃烧的狼，在母亲白色的脸面前。哦，他在星光花园中带着石头嘴唇下沉的时刻，凶手的影子降临到他的身上。他带着紫色额头走进沼泽，上帝的愤怒惩罚他金属般的肩头。哦，暴风雨中的桦树，回避他狂乱的路径的黑暗野兽。憎恨焚烧他的心，还有欲望，当他在夏天鲜绿的花园中，他亵渎了沉默的孩子，在光辉中看见他自己狂乱的脸，被吞没在黑暗中。黄昏时窗前的深沉悲哀，那时，死神——一具浅灰色的骷髅，从紫色花朵中显身。哦，你们这些塔楼和钟声。夜晚的影子像石头一样落在他的身上。

没人爱他。转暗的房间里，谎言和淫欲焚烧他的头颅。一个女人的衣裙响起的蓝色沙沙声，让他僵直成一根圆柱，他的母亲在夜间的身影伫立在门口。恶的影子在他的头上升起来。哦，你们这些夜晚和星星。黄昏时，他与跛者一起走过山峦，冰冷的山峰上，日落的玫瑰色余晖铺展开来，他的心在薄暮中轻柔地鸣响。风暴般的松树沉沉落在他们上面，红色猎人从森林中显身。当夜幕降临，他的心水晶一般破碎，黑暗猛击他的额头。光秃的橡树下，他用冰冷的手扼杀一只野猫。在他的右边，一个哀悼的天使的白色身影出现，黑暗中，跛者的影子成长。但他举起一块石头对那个人掷去，因此他嚎叫着逃逸，天使温和的脸叹息，消失在树影中。他久久躺在布满石头的原野上，惊讶地看见布满群星的金色天篷。他被蝙蝠追逐，突然投入黑暗。他无声无息地步入一幢倒塌的房舍。庭院中，他，一只野鹿，饮着蓝色井水，直到他感到了寒意。他狂热地坐在冰冷的楼梯上，因为自己奄奄一息而对上帝狂怒。哦，恐怖的灰白的脸，就在那时，他在一只野鸽子被割断的喉咙上面抬起睁大的眼睛。他在陌生的楼梯上匆忙而行，遇到一个犹太女孩，伸手抓攫她的黑发，捂住她的嘴。敌对的形态穿过阴沉的街道追逐他，一种铁的铿锵声撕裂他的耳朵。他，一个祭坛侍童，默默跟随沉默的牧师沿着秋天的墙前行，在枯树下面，他沉醉地吸入神圣祭袍的深红色彩。哦，太阳那腐朽的轮盘。美妙的痛苦消耗他的肉体。在一跳废弃的小客栈，一个流血的身影因废物而坚硬，出现在他的面前。他更加深沉地热爱高贵的石头作品，夜里，塔楼用恶魔似的鬼脸袭击蓝色星空，那凉爽的坟墓，其中保存着人类熊熊燃烧的心。悲哀,要宣告这一切的无法形容的罪孽。但当他在光秃的树下沿着秋天的河散步,沉思燃烧的事物,一个燃烧的魔鬼穿着毛茸茸的斗篷对他,他的妹妹显身。当他们醒来,群星在头上熄灭了。

哦,被诅咒的种族。当每一种命运在不洁的房间里被实现,死神就进入那阶梯发霉的房舍。哦,它是户外的春天,可爱的鸟儿会在开花的树木中唱歌。但在夜间造物的窗户周围,稀疏的草木已枯萎成灰白色,流血的心依然谋划邪恶。哦,沉思者转暗的春天之路。他更加公正地在开花的树篱中找到快乐,乡下人的年轻种子和唱歌的鸟儿,上帝的温和的造物,晚钟和人们美丽的交际。因此他可能会忘记自己的命运和刺藜上的刺。在他银白色的脚漫游之处,小溪发绿而自由地上涨,在他那被夜晚荫蔽的头上,一棵说话的树沙沙作响。因而他用纤细的手举起蛇,他的心在火焰的泪水中融化了。崇高的是森林的沉默,绿意盎然的黑暗,长满青苔的野兽,在夜幕降临时振翅飞翔。哦,当每个生物认识自己的罪孽时,在刺藜小径上行走的战栗。于是,他在刺藜丛中发现那孩子的白色身影为其新郎的外套而流血。但他缄默而悲伤地站在她面前,被埋在他钢硬的头发里。哦,发光的天使,你们被紫色的夜风吹散。他彻夜居住在一个水晶洞穴里,麻风病人的痂疤生长在他银白色的额头上。他,一个影子,在秋天的星星下沿着骡子的辙迹行走。雪花飘落,蓝色的阴暗充满房舍。一个盲人的嗓音大声叫喊,那是父亲的沙哑嗓音,唤起了恐惧。女人们俯身的外貌的悲哀。从半身不遂的手下,果实和受惊的种族的用具腐朽。一只狼撕开初生者,妹妹逃向黑暗花园中瘦骨嶙峋的老人。一个狂乱的预言家,那个人在倒塌的墙边唱歌,上帝的风吞没他的嗓音。哦,死亡的欲望。哦,你们这些黑暗种族的孩子。在他的双鬓上面,血液的恶之花微微闪烁银光,他破碎之眼里的冷月。哦,夜的造物,被诅咒的人。

深沉的是黑暗毒药中的睡眠,挤满星星和母亲白色的脸,石头的脸。严酷的是死亡,负罪者的食物。在家谱的褐色枝条中,泥土的脸破裂,露齿而笑。但是,当那个人从恶之梦中醒来,他就在接骨木的绿荫中悄然歌唱，一个玫瑰色天使，美妙的游戏伙伴，接近他，因此，他，一只温和的鹿子，沉睡入夜。他看见充满星星的纯洁的脸。当夏天来临，金黄的向日葵在花园栅栏上面俯身。哦，蜜蜂的勤劳和胡桃树的绿叶，掠过的暴风雨。罂粟也盛开成银白色，在一个绿色荚膜中承受着我们星星的梦。哦，当父亲远远进入黑暗，房舍多么寂静。果实在树上熟成紫色，园丁移动他坚硬的手，哦，灿烂阳光中刺目的预兆。但在黄昏时，死者的影子默默进入悲哀的家庭圈子，他的脚步像水晶一样回响在森林前面的绿色牧草场上。沉默的人默默聚在桌边，垂死的人用苍白的手掰开流血的面包。妹妹的石头眼睛的悲哀，晚餐时，她的疯狂出现在她兄弟那被夜色暗淡的眉头上，在母亲极度痛苦的手下面，面包变成了石头。哦，腐朽的人们，那时他们用银白色的舌头让地狱沉寂。于是，灯盏在凉爽的卧室里熄灭，受苦的人们透过紫色面具默默地对视。大雨彻夜倾盆而下，让牧草场清新。布满刺藜的荒野中，黑暗的人沿着发黄的路径穿过庄稼，云雀之歌和绿枝柔和的寂静，因此他才可能找到安宁。哦，你们这些村庄和长满青苔的台阶，光辉的视野。但是，骨瘦如柴的脚步蹒跚在那沉睡于林边的蛇的身上，耳朵总是追随秃鹰狂乱的尖叫。黄昏时，他发现了一片岩石嶙峋的荒原，护送一个死人进入父亲黑暗的房舍。一片紫色的云环绕他的头，因此他在沉默中攻击自己的血液和影像，一张充满月光的脸，像一块岩石陷入虚空，此时他的妹妹，那垂死的青年，出现在破镜中。夜晚吞没了被诅咒的种族。

发表在《煤气灯》上的诗 (1914~1915)

Publications in the 'Brenner'

在海尔布伦宫①

沿着山丘，沿着春季的水塘
再度跟随黄昏蓝色的哀歌——
仿佛那些已逝的人的影子飘过，
教会高僧的影子，贵妇人的影子——
他们的花朵已经开放，严肃的紫罗兰
在黄昏的泥土中，蓝色泉水的水晶波浪
潺潺低语。橡树神圣地呈现绿意
在死者脚步被遗忘的小径上俯身，
池塘上空金色的云。

①海尔布伦宫是萨尔茨堡附近的一座巴洛克风格的宫殿，包括一个大花园、喷泉
以及剧院，为萨尔茨堡的马尔库斯·西提库斯主教建于1613~1619年间，它的扩展公园
因其艺术水池和喷泉而闻名于世。

心

狂野的心在林边变白，
哦，死亡的
黑暗恐惧，正如黄金
死在灰白的云里。
十一月的黄昏。
一群贫妇伫立在
屠场光秃的栅门边。
腐肉和内脏
落入每一个篮子
被诅咒的食物！

黄昏的蓝色野鸽
没有带来慰藉。
小号幽幽的呜咽
透过榆树湿漉漉的
金色叶片而响起，
一面破烂的旗帜，
冒着血的烟雾
因此一个人
在狂野的悲伤里聆听。
哦，你这黄铜时代
埋葬在那里的余晖里。

少女的
金色身影
从黑暗走廊中出现，
被苍白的月亮围绕，
她这秋天的随从，
黑色枞树
在夜间风暴中裂开，
陡峭的堡垒。
哦，心
在带雪的寒意中远远闪烁。

睡眠 (第二稿)

你那可憎的黑色毒药，
白色睡眠！
这个薄暮之树的
最奇异的花园
挤满了蛇，夜蛾，
蜘蛛，蝙蝠。
陌生人！你迷失的影子
在落日的余晖里，
在悲伤的咸海上
一艘阴暗的海盗船。
白鸟在夜的边缘上振翅
飞越摇摇欲坠的
钢的城市。

暴风雨

你野性的群山，鹰隼
高贵的悲伤。
金色的云
在布满岩石的荒原上冒烟。
松树呼吸耐心的宁静，
黑色羔羊面临深渊，
在那里，蓝色突然
奇异地沉寂，
大黄蜂轻柔的哼唱。
哦，绿色的花——
哦，沉寂。

山间激流的黑暗精灵
梦幻般地摇撼心灵，
那落在
深谷上的黑暗！
白色噪音
穿过可怕的庭院而迷途漫游，
撕裂的露台，
父亲们强有力的愤怒，母亲们的
哀歌，
男孩的金色搏斗声
尚未诞生的生命
从盲目的眼里叹息。

哦，痛苦，你伟大灵魂的
炽热的凝思！
在马与战车的
黑色冲突中
颤抖的玫瑰色闪电
在沙沙作响的枞树里抽搐。
磁性的凉意
围绕这颗骄傲的头颅而飘浮，
愤怒的上帝
炽热的悲哀。

恐惧，你这毒蛇，
黝黑，死在石头里面！
那里，泪水的激流
落下来，
暴风雨的怜悯，
威胁的雷霆中
雪峰在四周回响。
火焰
净化被撕裂的夜晚。

黄昏

带着死去的英雄身影
月亮，你充满
沉寂的森林，
弯弯之月——
有着情侣们轻柔的
拥抱，
著名时代的影子，
充满四周坍塌的岩石，
月亮如此淡蓝地
朝着城市照耀，
那里，一个腐朽的种族
寒冷而邪恶地生活，
为它的白色子孙
准备黑暗的未来。
你那被月亮吞没的影子
在山湖空寂的
水晶中叹息。

夜

我歌唱你，野性的缝隙，
夜晚的暴雨中
高耸的群山，
你们，灰白的塔楼
溢出恶魔似的鬼脸，
火焰的野兽，
粗糙的蕨，枞树，
水晶花朵。
无穷的痛苦，
让你穷追上帝
柔和的精灵，
在瀑布中，
在翻腾的松林中叹息。

金色的民族之火
在四周熊熊燃烧。
炽热的旋风
被死亡灌醉
在黑黝黝的悬崖上冲下来，
冰山的
蓝色波浪，
山谷里的钟声
有力地回响：
火焰，诅咒

和欲望的
隐秘游戏，
一颗石化的头颅
袭击天空。

悲伤

强劲的是你，内心的
黑暗嘴唇，秋天的云
塑造的身影，
金色黄昏的寂静。
薄暮的浅绿色山溪
在断裂的
枞树的阴影里，
一个虔诚地
消亡在褐色影像中的村子。

那里，黑马在雾霭朦胧的
牧场上跳跃。
你们这些士兵！
从太阳奄奄一息滚动的山丘上
发出笑声的血涌下来——
在橡树下
无言！哦，军队愤怒的
忧郁。一个闪耀的头盔
从紫色额头上铿锵地落下。

秋夜如此寒冷地来临，
沉默的修女
在人们破碎的骨头上面
随着星星闪烁。

还乡 (第二稿)

黑暗岁月的凉意，
巨大石头保存
痛苦和希望，
无人的群山，
秋天金色的呼吸，
晚云——
纯洁！

水晶的童年
从蓝色的眼里凝望，
深色枞树下
爱情，希望，
因此露水从火焰的眼睑上
滴进僵直的草丛——
不可抗拒！

哦，那里，金色人行桥
在深渊的
积雪中断裂。
夜间的山谷
呼吸蓝色凉意，
信仰，希望！
欢迎你孤独的墓地。

哀悼 (一)

青春，从那个水晶的嘴里
你金色的凝视沉入山谷，
在黑色的黄昏时刻
森林的波浪赤红而苍白。
黄昏划下多么深的伤痕。

恐惧！死亡的梦幻哀诉，
枯萎的坟墓，岁月
准备好从树木和鹿子中凝视，
荒凉的田野和休耕的土地。
牧人召唤受惊的羊群。

妹妹，你的蓝色眉额
在夜里轻轻召唤。
风琴叹息，地狱传来笑语，
心灵被恐惧攫住，
会凝视星星和天使。

母亲必须为自己的孩子担心，
矿石在井穴里赤红地回响，
欲望，泪水和无情的痛苦，
提坦巨人①的隐秘传说。
悲伤！孤独的鹰在哀歌。

---

①希腊神话中的巨人。

夜间的屈服 (第五稿)

修女！把我密封在你的黑暗中，
你凉爽的蓝色群山！
黑暗的露水渗透下来，
闪烁的星光下，十字架陡峭地高耸。

崩溃之屋的寒意中
紫色冲破嘴唇和谎言，
笑语依然闪耀，金色的嬉戏，
一口钟发出的最后回音。

月亮的云！夜里
浅黑色的野果从树上坠落
所有空间都变成坟墓
这尘世的旅行变成梦。

在东方

人们黑暗的愤怒如同
冬季暴风雨的狂野风琴，
战役的紫色波涛，
被剥光叶片的群星。

额头破碎，手臂银白
夜晚召唤垂死的士兵。
在秋天桉树的阴影里
被杀害者的幽灵叹息。

刺藜密布的荒野包围城市。
月亮从流血的楼梯上
追逐惊恐万状的女人。
凶猛的野狼突破大门。

哀悼 (二)

睡眠与死亡，黑暗的鹰
彻夜围绕这颗头颅飞翔：
永恒冰冷的波浪
会吞没人类金色的
影像。那紫色的躯体
撞碎在可怕的礁脉上，
幽暗的嗓音在大海上
恸哭，哀伤。
风暴般悲伤的妹妹，
看吧，一只震颤的小船
沉没在群星下面，
夜晚沉默的脸。

格罗代克①（第二稿）

黄昏时，秋天的森林回响着
致命的武器，在金色平原
和蓝色湖泊上，太阳更加幽暗地
滚动，夜晚拥抱
垂死的战士，他们破裂之嘴的
狂野哀歌。
然而，在牧草场上
一片有愤怒之神居住的红云
悄然聚集溅洒的血，月光的凉意，
所有路径都在黑色腐败中结束。
在夜晚和群星的金色枝条下面
妹妹的影子蹒跚着穿过沉寂的小树丛
去迎接英雄们的幽灵，流血的头颅，
芦苇丛中，秋天幽暗的长笛轻轻响起。
哦，更骄傲的悲哀！你青铜的祭坛，
如今，巨大的痛苦养育精灵的灼热火焰：
尚未诞生的子孙。

---

①波兰东部加利西亚的一小镇。1914年10月，第一次世界大战刚爆发，奥地利军队和沙俄军队即激战于此，特拉克尔作为军医随奥地利军队在此作战。

启示与衰微

　　陌生的是人们夜间的路径。当我梦游着路过石头房间，每间屋里都有一盏小灯，一个铜烛台，在燃烧，当我冻结地倒在床上，陌生女人的黑影就站在我的头上，我默默地把脸隐埋在怠倦的双手中。蓝色风信子也在窗边开花了，古老的祷文从呼吸的人的紫色嘴唇上升起，水晶之泪从他的眼睑落下，哀悼严酷的世界。在这个时刻，我是我父亲的死亡中的白色儿子。夜风从山丘上带着蓝色骤雨吹拂，我母亲的幽暗哀歌再度消隐，我看见了我心中的黑色地狱，闪烁的寂静的片刻。一张无法形容的脸从石灰墙中悄然出现——一个垂死的男孩——一个回家的种族之美。月亮的白光中，石头的凉意笼罩醒着的额头，腐朽的楼梯上，影子的足音渐渐消逝，小花园中，玫瑰色的圆舞。

　　沉寂中，我坐在一间废弃的小酒馆烟熏的屋橼下，孤独饮酒。一具闪耀的尸体在一个黑暗的形态上面俯身，一只死羔羊躺在我的脚下。我妹妹的苍白身影从腐朽的蓝色中步出，因此她流血的嘴说话：从黑色刺藜刺戳。哦，我银白色的手臂依然回响着狂野的暴风雨。血，流吧，从月亮的脚里流出来，在夜间的路径上盛开，路径上，一只老鼠尖叫着溜过。你们这些星星，在我的拱眉中闪忽，心在夜里轻轻回响。一个手持燃烧之剑的红色影子闯进房子，带着积雪的额头逃逸。哦，严酷的死亡。

　　一个幽暗的嗓音在我内心说话：因为疯狂从他的紫色眼睛里跳出，我在夜间的森林中折断了我的黑马的脖子。榆树影子落在我身上，泉水蓝色的微笑，夜晚的黑色凉意，如同我，一个荒野的猎人，追逐一头雪白的野兽，我的脸熄灭在石头的地狱里。

一滴血闪烁着掉进孤独者的酒里，当我畅饮，它的味道比罂粟还苦。一片浅黑色的云笼罩我的头，被诅咒的天使的水晶之泪，血液从妹妹的银色伤口中悄然流动，一场火焰般的雨落在我身上。

在森林边缘，我将行走，一个沉默的形态，一轮毛茸茸的太阳从那无言的手中落下，黄昏时山丘上的陌生人，在石头之城上哭泣着抬起眼睑，一只静立在古老接骨木的寂静中的鹿子，哦，转暗的头不安地倾听，或者，那犹豫的脚步跟随山丘上蓝色的云，还有严肃的星星。绿色种子默默地向一边引导，在长满青苔的森林小径上伴随胆怯的鹿子。村民的小屋默默关闭，在黑色之风的抚慰中，山溪的蓝色哀叹令人恐惧。

然而，当我攀下岩石嶙峋的小径，疯狂就攫住我，我在夜里高声尖叫，当我把银白色手指弯曲在沉寂的水面，我就看见我的脸离开了我。白色嗓音对我说话：杀死自己吧！一个年幼男孩的影子叹息着，在我的内心出现，从水晶之眼里灿烂地凝视我，因此我哭泣着，沉陷在树木下面，强有力的星空下面。

返家的牧群不安地漫游，穿过远离黄昏的小村的石头荒野。落日在远处享受水晶牧草场，它狂野的歌大声鸣响，一只鸟儿孤独的鸣叫在蓝色沉寂中湮灭。然而，当我醒着躺在山丘上，或者在春天的暴雨中发怒，你就在夜里悄然临近，抑郁越来越黑地覆盖我的头，闪电恐怖地闪亮，惊骇夜间的灵魂，你的手撕裂我没有气息的胸膛。

当我步行在转暗的花园中，恶的黑色身影离开了我，夜的紫蓝色寂静笼罩我。我驾驭一只形成曲线的小船，驶过平静的水塘，美妙的宁静触及我石化的额头。我无言地躺在老柳树下面，蓝天在我的头上高高拱起，挤满星星。当我凝视着它渐渐死去，恐惧和最深沉的痛苦就在我内心中寂灭，男孩的蓝色影子升起，在黑暗中光芒四射，温和的圣歌，在绿色树顶或水晶悬崖之上，妹妹白色的脸拍着月亮的翅膀上升起。

　　我迈着银白色的脚掌，走下多刺的楼梯，进入一个粉刷过的房间。一个烛台在里面燃烧，我默默地把我的头埋在紫色的亚麻织物中，大地向上呕吐出一个幼稚的尸体，一个月光的形体，它从我的影子中慢慢走出来，用断裂的手臂投入石头的深渊，雪花。

特拉克尔在世时发表的其他诗作

Other Publications in Lifetime

晨歌

巨大的伙伴，如今大步走下来吧，
唤醒那可爱之极的沉睡女人！
大步走下来，用
娇嫩的花朵围绕做梦的头颅。
用熊熊火炬点燃恐惧的天空，
因此暗淡的群星回响着跳舞，
夜晚飞翔的面纱
燃烧着消失，
因此巨大的云朵散开，
而在那云中，逃离大地的冬天
依然用冰冷的阵雨嚎叫着威胁，
明亮的纯洁中，天空的距离展开。
于是你拖着飞扬的长发，灿烂地爬到
下面的大地，她用被祝福的沉默
接受发情的求婚者，在深深的阵雨中颤抖
因为你如此猛烈的暴雨般疾驰的拥抱，
她对你张开她神圣的子宫。
醉汉被最美妙的直觉攫住，
当花朵发光，你为她唤醒
发芽的生命，它高贵的过去
紧贴一种更高贵的未来，
那种未来就像你，正如你像自己，
忠诚于自己的意志，始终被感动，
因此在未来，在她的内心，
在高贵的美之中，永恒的神秘重新恢复。

梦幻流浪者

那曾经走在我身边的你，在哪里？
天空的面容，你在哪里？
粗粝的风在我耳际讥笑我：你这傻瓜！
一个梦！一个梦！你这小丑！
然而，然而在我走进夜晚
和放弃之前，它曾经怎样呢？
你还认识它吗，你这傻瓜，你这小丑！
我灵魂的回音，粗粝的风：
哦，傻瓜！哦，小丑！
她伫立，没有伸出恳求的手，
嘴上泛起一丝笑容，
在夜晚和放弃中呼喊！
你难道不知她呼喊什么？
那呼喊听起来就像是爱。回音
不曾把这个词语回传给她，回传给她。
那是爱吗？那我忘却了的悲哀！
我的四周，唯有夜晚和放弃，
我灵魂的回音——风！
那讥笑又讥笑的风：哦，傻瓜！哦，小丑！

海尔布伦宫的三个池塘 (第三稿)

俄耳甫斯的七弦琴
沿着黄昏的黑墙流浪
在幽暗的水塘中白银般鸣响
然而阵阵泉水滴落
疯狂地从枝头阵阵滴落
从阵阵夜风中，俄耳甫斯的七弦琴
在幽暗的水塘中白银般鸣响
在绿意盎然的墙边渐渐消隐。

远处的宫殿和山丘闪耀。
久逝的女人的嗓音
在白色少女的镜子上面
温柔地编织，呈现出深色。
悲叹她们飞逝的命运
白昼在绿意中融化
在芦苇间低语，盘旋飞回——
一只鹈鸟与它们嬉戏。

水波闪烁着绿光蓝
柏树平静地呼吸，
它们的幽暗深不可测
流进黄昏的蓝色里。
特里同从洪水中显身，
腐朽穿过墙壁涓涓流出
月亮把自己包裹着绿色面纱里
在洪水上慢慢流浪。

圣彼得公墓

石头的孤独围绕在四面八方。
死亡苍白的花朵
战栗在黑暗中哀悼的坟墓上——
然而，这哀悼并不痛苦。

天空对着这个封闭在
梦幻中的花园安详地微笑，
沉默的朝圣者在这里等他。
十字架看守着每一座坟墓。

在一幅永远优美的图画前
教堂像一声祈祷升起，
很多灯盏在拱门下燃烧
为可怜的灵魂而默默呼吁——

当树木在夜里繁盛，
让死亡把自己的面容
遮在树木那闪烁的丰富之美中，
那样才会让死者做更深沉的梦。

春日黄昏

灌木长满昆虫的幼虫，三月黄昏的焚风，
一只疯狗跑过贫瘠的田野
牧师的铃铛穿过褐色村庄鸣响，
一棵荒凉的树在黑色的痛苦中扭动。

旧屋顶的阴影中，玉米在流血，
哦，那满足麻雀的饥饿的芳香。
一只鹿子胆怯地突破发黄的芦苇。
哦，孤独地伫立在沉寂而发白的水边。

胡桃树难以形容，它的梦幻轮廓升起。
男孩们质朴的游戏让友人欢愉。
腐朽的棚屋，衰老的感觉，
云层深沉地流浪，黑压压地群集。

在老花园里

木樨草的芳香在褐色草木中飘走，
微光在美丽的水塘上颤抖，
柳树戴着白色面纱伫立，
蛾子在里面盘旋，漫无目的。

那里，太阳把自己遗弃露台上，
金鱼在水的镜子中深深闪光，
有时，云朵在山丘上游走，
陌生人再度慢慢走向前方。

凉亭灿烂地闪耀，自从清晨
年轻女人经过这里，
她们的笑语就一直悬挂在小叶片上，
金色烟霾中，一个跳舞的法恩，已沉醉得酣畅。

黄昏的圆舞

褐色与蓝色的紫菀地
孩子们在地穴边游戏，
晚风中，
在清晰的风中飘过
银灰色的鸥鸟展翅翱翔。
号角回响在漫滩上。

老客栈里，走调的小提琴
更加疯狂地尖叫，
窗边，一场圆舞扫过，
一场彩色的小圆舞扫过，
沉醉于酒，狂怒。
夜晚颤抖着进入。

笑声振翅飞起，飘走，
鲁特琴嘲弄似的乱弹，
一个寂静的菱形
一个充满幽暗的菱形
悄然降临到门槛上。
一把镰刀割刈，叮当！

梦幻般的烛光编织，
描绘这个腐朽的年轻肉体，
叮当！雾霭中听见它回响，

小提琴的节奏回响之后，
一具赤裸的骨架在远处跳舞。
月亮久久凝视里面。

夜间的灵魂 (第三稿)

一个蓝色猎物从黑森林上默默降临，
灵魂，
因为这是夜晚，多雪的春天在覆满青苔的台阶上面。

在过去，血液和手臂的骚动
滚动着穿过枞树之地。
月亮悄然照耀到荒废的屋里。

沉醉于黑暗的毒药，银色面具
在牧羊人的睡眠上面俯身，
头颅，被它的传说默默遗弃。

哦，然后他张开迟钝的手，
在紫色的睡梦中腐朽
冬天的银色花朵骤然开放

在森林边，通往石头之城的
幽暗小径开始发光，
小猫头鹰常常从黑色的忧郁中呼唤醉汉。

特拉克尔遗留的诗
The Bequest

本部分由《三个梦》《从寂静的日子》《安息日》《夜歌》《深沉的歌》《谣曲(一)》等18 首诗组成。

三个梦

1

我想,我梦见了落叶,
梦见了辽阔的森林和幽暗的湖泊,
梦见了悲伤的话语的回音——
可是我无法理解它们的意义。

我想,我梦见了陨落的星星,
梦见了苍白的眼睛哭泣的哀求,
梦见了一丝笑容的回音——
可是我无法理解它的意义。

犹如落叶,犹如陨落的星星,
我看见自己永远来来往往,
一个梦不朽的回音——
可是我无法理解它的意义。

2

在我灵魂的幽暗之镜里

有从未见过的海洋美景，
被遗弃的，悲剧性幻想的土地美景，
消融成蓝色，就在那附近。

我的灵魂承受着紫血色天空，
被爆裂的无垠阳光射穿，
奇异得栩栩如生，闪烁的花园，
蒸发出湿热致命的愉悦。

我的灵魂幽暗的喷泉
创造无垠之夜的美景，
感动于无名诗章
和永恒力量的气息。

我的灵魂战栗着黑暗记忆，
仿佛它在万物中找到了自己——
在深不可测的海洋和夜晚，
在无始无终的深沉诗章里。

3

我看见很多镇子仿佛被火焰
和一次次暴行积累的时代劫掠，
还看见很多人腐为尘埃，
万物都飘进湮灭里面。

我看见众神坠向夜晚，
最神圣的竖琴被无力地砸烂，
从腐败中被重新点燃
一个新生命，朝着白昼扩展。

朝着白昼扩展，又再度逝去，
那永远相同的悲剧，
因而我们没理解就开始游戏。

它那精神错乱的夜间折磨
犹如刺藜微笑着的宇宙
环绕着柔美的光辉。

从寂静的日子

如此可怕的是这些迟到的日子
正如被打发到这光芒下的病人的
脸色。然而，夜晚遮蔽他们眼神的
缄默哀叹，他们已经朝它转身。

他们或许微笑，追忆自己的庆典，
在遗忘一半的歌之后，一个人多么感动，
在词语中寻找悲伤的手势——
在莫测的沉寂中，那手势已经苍白。

因此太阳依然围绕恶之花嬉戏
让它们在稀薄而清澈的空气中
随死亡般凉爽的愉悦而战栗。

红色森林低语，暗淡，
啄木鸟的啄击，更像每夜的死亡，
正如从没有空气的地穴里传来的回响。

安息日

狂热的有毒植物发出一丝气息
让我在月色的黄昏里做梦，
我悄然感到被缠绕，被拥抱，
似乎就像在疯狂女巫的安息日。

明镜中，血色的花
从我的心灵中挤压燃烧的欲望，
它们经历过一切艺术的唇
靠近我沉醉的喉咙而剧烈膨胀。

瘟疫，热带海滩的彩色花朵，
把她的花杯奉献给我的嘴唇，
痛苦的滴水喷泉，令人厌恶，阴沉。

一个人狼吞虎咽——哦，胡言乱语的酒神节女人——
我的肉体，从沉闷的水蒸气中凋萎，
被可怕的欲望变得狂喜，在痛苦中入迷。

夜歌

1

诞生于气息的影子
我们流浪，被遗弃，
迷失在永恒的事物里，
犹如无知的牺牲者，因此被献祭。

我们犹如乞丐，一无所有，
我们这些在锁闭的栅门的愚人。
我们如同盲人，在沉默中聆听，
我们的低语失落在那沉默里。

我们是漫无目的地的流浪者，
被风吹走的云朵，
在死亡的凉意中摇晃的花朵，
等到有人把它们刈倒。

2

因此，最后的痛苦因为我而完整，
你们敌对的黑暗力量，我没有抵御，
你是通向伟大寂静的路，
最凉爽的夜里，我们在这条路上迈步。

你的气息让我更加响亮地燃起，
耐心！星星渐渐熄灭，梦幻悄然而逝
在那些对于我们无名的领域，
我们可能仅仅无梦而前行。

3

你这黑暗的夜，你这黑暗的心，
是谁映照你最圣洁的地面，
和你怨恨的最后深渊？
面具凝视在我们的痛苦前面——

在我们的痛苦和欲望前面
空荡荡的面具发出的无情笑语，
面具上，陶制品碎裂，
我们自己也并非故意地碎裂。

陌生的敌人站在我们前面，
他讥笑我们奄奄一息地挣扎，
因此我们的歌声更为阴沉地响起
那在我们内心哭泣的东西依然黑暗。

4

你是那令人沉醉的酒，
如今我在美妙的舞蹈中流血
必须给我的痛苦戴上花环！
你最深沉的思维才会渴望，哦，夜晚！

我是你子宫中的竖琴，
如今你黑暗的歌
为我心中最后的痛苦而挣扎，

让我永恒，虚幻。

5

深沉的歇息——哦，深沉的歇息！
虔诚的钟声不曾响起，
你这美妙的痛苦之母——
你这被死亡扩宽的安宁。

用你凉爽而善良的手
合上所有的伤口——
因此它们朝着内心流血至死——
美妙的痛苦之母——你！

6

哦，让我的沉默成为你的歌吧！
对于你，那与生命的花园相隔的人，
穷人的低语会是什么？
让你在我的内心无名吧——

那被无梦地构筑在我内心的人，
犹如一口没有音调的钟，
犹如我的痛苦的美妙新娘，
和我睡眠的沉醉的罂粟。

7

我听见花朵死在地面，
水井沉醉的哀叹
和钟的嘴里传来的歌，
夜，一个被低语的提问，
和一颗心——哦，死亡的伤口，

超越了它可怜的日子。

8

黑暗在沉寂中熄灭我，
我在白昼变成死去的影子——
然后我从欢乐的房子
走进外面的夜里。

如今，沉寂寓居在我的心里，
它没有感到沉闷的白日——
像刺藜一样微笑着仰望你，
夜晚——永远又永远！

9

哦，夜晚，你沉寂的栅门在我们苦难前面，
看看这个流血至死的黑暗伤口
它完全倾向痛苦那摇晃的花杯！
哦，夜晚，我已做好准备！

哦，夜晚，你这湮灭的花园
围绕我的贫穷的接近世界的照耀，
葡萄叶片枯萎，刺藜的花环枯萎。
哦，来吧，你这盛大的时间！

10

我的魔鬼曾经狂笑，
那时，我是闪烁的花园中的一缕光，
嬉戏和舞蹈是我的伴侣
还有那让我沉醉的爱情之酒。

我的魔鬼曾经哭泣，
那时，我是痛苦的花园中的一缕光，
谦卑是我的伴侣
它的光辉照耀在贫穷的房子上。

而如今，我的魔鬼不哭不笑，
我是失落的花园的一个影子
我那死亡般黑暗的伴侣
是空寂的午夜中的沉寂。

11

我那为你挣扎的可怜笑容，
我那在黑暗中消隐的啜泣之歌。
如今我的路来到了尽头。

让我踏进你的大教堂
就像曾经头脑简单而虔诚的愚人，
默默站在你的面前崇拜。

12

你在深深的子夜
沉寂的大海的死寂之岸，
死寂之岸：万籁俱寂！
你在深深的子夜！

你在深深的子夜
那你如同星星闪耀的天空，
上帝不再盛开的天空。
你在深深的子夜。

你在深深的子夜
在美妙的子宫中尚未诞生，
永不存在，虚幻！
你在深深的子夜。

深沉的歌

我获释于深沉的夜里。
我的灵魂在不朽中惊奇,
我的灵魂在时空上面聆听
那永恒的旋律!
白昼与欲望,夜晚与受难
都并非永恒的旋律,
既然我聆听永恒,
我就再也没感到欲望与受难!

谣曲 (一)

一个傻瓜在沙里写下三个符号，
一个苍白的少女站在他面前。
大海响亮地歌唱，哦，大海歌唱。

她手里端着一只杯子，
那杯子闪烁，一直到杯沿，
就像多么鲜红而沉重的血。

沉默无语——太阳渐渐隐退，
然后那傻瓜从她手里
拿过杯子一饮而尽。

然后，杯子的光芒在她的手里熄灭，
风吹走沙里的三个符号——
大海响亮地歌唱，哦，大海歌唱。

谣曲 (二)

一颗心悲叹：你没找到她，
她的故乡很可能远离这里，
她的脸陌生！
夜晚在门边哭泣！

大理石厅堂里面，一盏盏灯亮起，
哦，沉闷！哦，沉闷！有人死在这里！
某处的低语：哦，你不来吗？
夜晚在门边哭泣！

依然有啜泣：哦，他会看见光芒！
然后到处漆黑无比——
啜泣：兄弟，哦，你不祈祷吗？
夜晚在门边哭泣！

谣曲 (三)

一个闷热的花园忍受夜晚。
我们对可怕地攫住我们的东西保持沉默。
我们的心灵从那里面苏醒
在沉默的重负下屈服。

那个夜晚，没有星星盛开
也没有人寻找我们。
唯有一个魔鬼在黑暗中狂笑。
每个人都被诅咒！契约因此产生。

美人鱼

夜晚在我的窗前哭泣——
夜晚沉寂，或许是风在哭泣，
风，像迷失的孩子——
是什么让他这样哭泣？
哦，可怜的美人鱼！

她的头发犹如火焰在暴风雨中飘扬，
犹如掠过云朵的火焰，悲叹——
你这可怜的少女，为了你
我的心在那里念着夜间寂静的祷词！
哦，可怜的美人鱼！

夜歌

在夜间黑暗的洪水上
我唱出悲伤的歌，
犹如伤口流血的歌。
尽管如此，心灵不曾穿过黑暗
把它们再度带给我。

唯有夜间黑暗的洪水
奔涌，呜咽着我的歌，
血一般从伤口流出的歌，
洪水穿过黑暗
再度把它们带给我的心灵。

在窗边

屋顶上，一片天蓝
和路过的云朵，
窗前，一棵树缀满春天的露水，

一只沉醉的鸟儿直射云天
花朵迷失的芳香——
一颗心感到：这就是世界！

寂静在扩展，正午发光！
我的上帝，世界多么富裕！
我做梦又做梦，生命消散，

生命就在户外——因为
孤独的大海，对于我遥远的某处！
一颗心感受到它，不曾变得愉快！

吉普赛人

他们夜间的扫视中，有渴望的火焰
他们的扫视朝向永远也没找到的家园。
因此，他们漂泊在不幸的命运，
唯有忧郁才能彻底探测那种命运。

云朵给他们引路，
候鸟有时会护送他们，
直到在黄昏失去他们的行踪，
风，有时会在他们营地的

群星的孤独中，携带众生的祝福
因此他们的歌声膨胀出更多渴望，
还有继承了诅咒和苦难的啜泣，
希望之星不会把它们轻轻照亮。

沉寂

月亮在森林上面
苍白地闪烁，让我们做梦，
幽暗的水塘边，柳树在夜里
无声地哭泣。

一颗心熄灭——雾霭
平静地弥漫，升起——
沉寂！沉寂！

日出之前

黑暗中，很多鸟儿的鸣叫响起，
树木和泉水喧闹着喃喃低语，
云层中，一丝玫瑰色光亮
听起来如同初恋的忧伤。夜晚渐渐憔悴——

黎明用羞怯的手轻轻擦亮
爱巢，被兴奋地激起，
就让凋萎之吻的醉态结束吧，
在梦里，微笑着，感觉半睡半醒。

相遇

路上的陌生人——我们对视
我们困倦的目光询问：
你对你的生活做了些什么？
安静！安静！留下所有的悲叹！

我们周围已经变得凉爽，
云朵溶解在辽阔里面。
我想，我们不会再询问什么
没人会护送我们走向夜晚。

变形

一道永恒的光呈现出深红，
一颗心在罪的压力下多么鲜红！
欢呼吧，哦，玛利亚！

你苍白的雕像开花，
你披着斗篷的躯体发光，
哦，女人，玛利亚！

美妙的痛苦中，你的膝燃烧，
然后你的目光慷慨地流露出痛苦的微笑，
哦，母亲，玛利亚！

黄昏散步

我走进黄昏,
风一路漫步,歌唱:
你被每一道光芒迷惑,
哦,摸索那跟你搏斗的对手!

我钟爱的逝去的女人,她的嗓音
说:可怜的是傻瓜的心!
忘掉吧,忘掉那遮暗灵魂之物!
存在将成为你的痛苦!

致一个女过客

我曾看见一张
写满痛苦的脸掠过，
它似乎暗中与我
深深相似，
因而受到神的派遣——
掠过又消失。

我曾看见一张
写满痛苦的脸掠过，
它给我留下了印象，
仿佛我认出了那个人，
她梦见我曾在一种
久逝的存在中把她称为爱人。

本部分由《穷人的夜晚》《从深处》《在公墓》《阳光灿烂的下午》《影子》《奇异的春天》《下午的梦》等 15 首诗组成。

穷人的夜晚

黄昏降临！
哦，夜晚枯燥地
锤击在我们的门上！
一个孩子低语。你战栗得

多么厉害！
然而，我们穷人
弓得更深，保持沉默，
保持沉默，仿佛我们不复存在！

从深处

死者的卧室充满夜色
我的父亲在沉睡，我这守夜。

死者坚硬的面庞
在烛光中微微闪烁白光。

花朵吐露芳香，苍蝇哼唱
我的心毫无感觉地聆听，渐渐沉默。

风在门口悄然颤动。
门，随着响亮的叮当声打开。

外面，麦穗的田野沙沙作响，
太阳在苍天上噼啪裂开。

灌丛和树木缀满累累果实
鸟儿与蝴蝶在空中呼呼飞过。

田野上，农夫
在正午的深深沉寂中割草。

我在死者身上画十字
草木中，我的脚步无声地消失。

在公墓

腐烂的石塔沉闷地变暖。
焚香的黄色烟霾弥漫。
蜜蜂嗡嗡作响，乱作一团，
花卉格架抖动，摇撼。

在阳光静止的墙边
一丝气息慢慢搅动，
犹如谎言，闪烁着缩小——
唱给死者的歌深深战栗着消失。

它在草木中久久聆听，
让灌木更加灿烂地闪耀，
褐色的蚊子群集
飞沫般洒在墓碑上。

阳光灿烂的下午

一根枝条在深蓝色中摇动我。
嬉闹着，秋天的层层叶簇
蛾子闪忽，陶醉，疯狂。
斧劈声回响在漫滩上。

我的嘴咬着红色浆果
光与影在叶簇中摇晃。
很多个时辰，金色的尘埃噼啪作响
飘落在褐色地面上。

鸫鸟从灌丛中发出笑语
高声嬉闹着，秋天的层层叶簇
在我的头上一起敲击——
沉甸甸的鲜艳果实从枝头分离。

影子

自从我在这个早晨坐在花园里——
树木就在蓝色中开花，
充满鸫鸟的鸣叫和颤音——
我在草丛中看见了我的影子，

被无限扭曲，一只幻想的动物，
噩梦一般躺在我面前。

我离开，颤抖得很厉害，
同时，一眼喷泉在蓝色中歌唱
一个紫色花蕾跃起
那只动物走在近旁。

奇异的春天

大约在深沉的下午，
我躺在古老的石头上，
阳光下，三个天使身着
奇异的服装，站在我面前。

哦，不祥的春天之年！
最后的积雪融化在土地上，
寒冷而清澈的湖里
桦树的头发悬垂着战栗。

一条蓝色缎带从天上飘扬，
一片云在里面优美地流淌，
我面对它，躺着做梦——
天使们在阳光中跪下。

一只鸟儿高声唱起奇妙的故事，
我立刻就能理解它的意思：
在你最初的欲望被满足之前，
你依然必须死去，必须死去！

下午的梦

安静！祖先到来，
他的脚步再次暗淡下去。
影子们上下浮动——
桦树悬垂在窗口里。

古老的葡萄园山丘上
法恩重新嬉戏着跳起圆舞，
身材苗条的仙女
从喷泉之镜悄然起身。

听吧！遥远的雷暴雨发出威胁。
焚香从幽暗的水芹丛中散发，
在腐朽的花架前
蛾子们举行沉默的弥撒。

夏天奏鸣曲

腐果散发出惊人的气味。
灌丛和树木快活地回响，
在褐色林中的空地上
一群群黑色苍蝇在歌唱。

水潭深深的蓝色中
野草的火光迸发出光辉。
从黄色的花墙上
突然嗖嗖地传来爱情的哭泣。

蝴蝶久久地追逐自己，
在沉闷的百里香草场上
我的影子陶醉地跳舞。
狂喜的黑鸟欢快地啭鸣。

云朵显露僵硬的乳房，
被叶簇和浆果环绕，
黝黑的松树下，你看见
一具骷髅拉奏小提琴，露齿微笑。

明亮的时辰

遥远的山丘上传来笛音，
法恩潜伏在沼泽里，
身材苗条的仙女
在芦苇和水草间懒散地歇息。

水塘的镜子里
金色蝴蝶心醉神迷，
柔软的草丛中
一只双背动物悄然前移。

俄耳甫斯在桦树丛中啜泣
发出的呢喃充满温柔的爱意，
轻柔的夜莺打趣地
融入他的歌里。

太阳神，一片依然在
阿佛洛狄特①嘴上发光的火焰，
从龙涎香的香气中轻轻洒下——
这个时辰赤红得幽暗。

①希腊神话中的爱与美之女神。

童年回忆

午后，太阳孤独地照耀，
蜜蜂的音调悄然颤抖着消隐。
花园中，姐妹们的嗓音低语——
那里，男孩在木棚中倾听，

依然兴奋于书籍和图画。
疲倦的椴树沉浸在蓝色中，枯萎。
一只苍鹭一动不动地悬垂，在苍天上淹死，
栅栏边，奇异的影子形态在嬉戏。

姐妹们悄悄走进房子，
她们的白色衣裙
很快就闪忽在明亮的房间里，
困惑的灌木的咆哮渐渐消失。

男孩抚摸猫的皮毛，
被猫眼的镜子迷惑。
遥远的山丘上，风琴的声音
奇妙地升向天宇。

黄昏

天空在黄昏时阴沉。
一阵幽暗的金色骤雨
穿过充满沉寂和悲哀的小树林。
远方的晚钟渐渐消隐。

土地饮下冰冷的水，
林边，一片火焰发光发热，
风，用天使的嗓音悄然歌唱
我战栗着，跪下，

石南花丛中，苦涩的水芹丛中，
远远在外面，云朵在水洼里游动，
对爱的荒凉的护卫，
石南丛孤寂而莫测。

季节

红宝石的脉纹爬进叶簇。
然后水塘平静，宽阔。
浅蓝色的斑点灿烂地
散落在林边，褐色尘埃铺展。

一个渔夫拉起渔网。
然后黄昏降临到田野上面。
然而，被照亮的院落依然幽幽闪耀，
少女们带来了果实和酒。

一个牧羊人的歌声远远消隐。
然后棚屋荒凉而陌生地伫立。
森林披着灰白的尸衣
唤起悲伤的记忆。

昨夜的时光变得寂静，
一支渡鸦的军队
仿佛在森林的黑洞里飞行，
飞向镇子那很远的声音。

在酒乡

阳光用秋天涂抹庭院和墙，
一堆堆果实四处搁放，
贫穷的孩子在它们前面退缩。
一阵风让老椴树变得稀疏。

金色的骤雨穿过栅门落下
被祝福的女人们带着孩子
在腐朽的长椅上倦怠地歇息。
醉汉们摇晃水罐和玻璃杯。

一个无赖拉响小提琴，
罩衫在舞蹈中淫荡地膨胀。
褐色躯体粗陋地拥抱。
空寂的眼睛从窗口凝望。

恶臭从喷泉之镜升起。
黑色，腐朽，又死去，
黄昏降临在四周的葡萄山丘上。
候鸟悄然而迅疾地飞向南方。

幽暗的山谷

迁徙的乌鸦在松林中振翅飞离
绿色的雾霭在黄昏时升起
小提琴的声音如梦似幻
少女们为了跳舞而奔向小客栈。

一个人听见醉汉的笑语和叫喊,
一阵骤雨穿过老紫杉。
死一般苍白的窗玻璃上
舞者们的影子掠过,匆匆忙忙。

葡萄酒和百里香的芳香弥漫。
穿过森林,回响着孤独的叫喊。
乞丐们在台阶上聆听,
开始毫无意义地祈祷。

一只鹿子在榛丛中流血至死。
阴暗的巨树拱廊摇曳,
过重地负载着冰冷的云。
情侣们在水塘边拥抱着歇息。

始终更暗

那吹动紫色树端的风，
是上帝来而复去的气息。
黑色村庄在森林前面升起，
田野上，被搁放了三个影子。

山谷微弱地陷入下面的
黄昏，为卑微的人沉默。
严肃在花园和大厅里致意，
它想要结束白日，

风琴声虔诚地幽幽响起。
玛利亚身披蓝色法衣登上那宝座
怀里摇抚着她的孩子。
夜晚星光灿烂而漫长。

1912~1914年的诗

本部分由《哀悼之歌》《一块地毯,受难的风景在上面暗淡》《春雨之歌在夜里是黑暗的》《狂语》《在古老的水井边(第二稿)》《死者的沉默钟爱古代花园》等 21 首诗组成。

哀悼之歌

我的爱人,戏弄着蓝花
在月光皎洁的花园里玩耍——
哦,在紫杉树篱那边闪烁的东西!
那触及我的双唇的金色之嘴,
它们就像群星
在汲沦谷①的小溪上面响起。
然而,星云低垂在平原之上,
难以表达的狂热之舞。
哦,我的爱人,你的嘴唇
石榴的嘴唇
成熟在我水晶般的贝壳嘴唇边。
那平原的金色沉寂
沉重地歇息在那里,在我们上面。
被希律王②杀害的
孩子的血液
朝天空蒸发。

①耶路撒冷老城东城墙外的一道山谷,将圣殿山和橄榄山隔开,《圣经》中有所提及。

②犹太国王(公元前73~公元4年),据《新约》记述,他曾下令杀死伯利恒所有两岁以下的儿童,想借以杀死尚处于襁褓中的耶稣。

一块地毯，受难的风景在上面黯淡

一块地毯，受难的风景在上面暗淡
也许革尼撒勒①是暴风雨中的一叶轻舟，
金色事物滚出雷雨云，
那攫住绅士的疯狂。
古老的水汩汩地发出蓝色笑语。

有时，一道幽暗的深坑开启。
着迷者都被反射在寒冷的金属里，
血滴落入炽热的盘子，
一张脸在黑夜里崩溃。
黑暗洞窟中咕哝的旗帜。

其他东西回忆群鸟的飞翔
绞刑架上空，乌鸦神秘的预兆，
铜色的草蛇消失在锋利的草丛中，
香枕里，一丝笑容变得轻浮而狡黠。

耶稣受难日，孩子们盲目地站在栅栏边
被映照在藏污纳垢的暗沟里，
垂死者中间，发出渴望健康的有病的叹息
穿过白色眼睛的天使，
从眼睑上幽幽闪烁着金色的拯救。

① 《圣经》中的一个地名，意思是富裕的花园。

春雨之歌在夜里是黑暗的

春雨之歌在夜里是黑暗的，
云层下，阵阵玫瑰色的梨花开放
心灵的诡计，圣歌和夜晚的疯狂。
从死去的眼里，走出火焰的天使。

狂语

从屋顶上落下的黑雪，
一根血红的手指浸入你的眉毛，
蓝色雪花沉入荒凉的房间，
它们是情侣奄奄一息的镜子。
头脑破裂成沉重的碎片，沉思，
跟随蓝雪镜中的影子，
一个已故妓女的冰冷笑容。
晚风，在康乃馨的芳香里哭泣。

在古老的水井边 (第二稿)

对水的隐秘解释：夜晚嘴里的破额头，
在黑色枕头里叹息的男孩的浅蓝色影子，
枫树的沙沙声，古老公园里的脚步，
旋梯上消隐的室内乐，
也许是轻轻爬上梯级的月亮，
毁坏的教堂中，修女柔和的嗓音，
一座慢慢开启的蓝色圣殿，
陨落在你瘦骨嶙峋的手上的群星，
也许是穿越废弃房间的散步，
榛树丛中，长笛的蓝色音调——极弱。

死者的沉默钟爱古代花园

死者的沉默钟爱古代花园，
居住在蓝色房间里的疯女人，
黄昏时，沉寂的形态出现在窗前

然而，她垂下发黄的窗帘——
涓涓细流的玻璃珠唤回我们的童年，
夜里，我们在森林中发现一轮黑月亮

温和的奏鸣曲在镜子的蓝色里鸣响
久久的拥抱

她的笑容蔓延在垂死者的嘴唇上。

蓝色夜晚在我们的额头上轻轻升起

蓝色夜晚在我们的额头上轻轻升起
我们腐烂的手轻轻触及
可爱的新娘！

我们的面容渐渐苍白，月光照耀的珍珠
融化在绿色水塘的溪谷里。
我们变成石头，凝视我们的星星。

哦，痛苦！有罪的人在花园里漫步，
狂热拥抱的影子，
那棵树和野兽极度愤怒地逼近它们。

柔顺的和谐，当我们在水晶般的波浪中
穿越沉寂的夜晚
一个玫瑰色的天使就步出情侣的坟墓。

哦，我们在薄暮花园中的居所

哦，我们在薄暮花园中的居所，
当妹妹对哥哥大睁着黑眼睛，
他们破裂之嘴的紫色
就在黄昏的凉意中融去。
令人心碎的时刻。

九月催熟了金色的梨子。熏香的惬意
大丽花在旧栅栏边发光
告诉我，当我们在黄昏里乘着黑色小船
漂过，我们究竟在哪里。

鹤在上面飞过。冻结的手臂
拥抱着黑色，血在里面流淌。
潮湿的蓝色围绕我们的眉毛。可怜的小孩。
一个黑色种族用会意的目光深深地沉思。

在黄昏

蓝色小溪，沿着小径，黄昏经过遗弃的棚屋，
幽暗的灌丛后面，孩子们玩着蓝色和红色的球，
一些孩子改变了额头，手在褐色叶簇中腐朽。

瘦骨嶙峋的沉寂中，孤独者的心灵闪烁，
一只小船在浅黑色的水上摇荡。
褐色少女的头发和笑声，穿过幽暗的矮林飘扬。

老人的影子越过小鸟的飞翔，
蓝花的秘密携带在他们的太阳穴上。
晚风中，别的影子在长椅上摇晃。

栗树光秃秃的枝条中，金色的叹息轻轻
消隐，当她这陌生人出现在废弃的楼梯上
夏天隐秘的铙钹就发出声响。

妹妹的花园

天气已凉，时间已晚，
妹妹沉寂安静的花园里
已是秋天。
她的脚步变白。
黑鸟的鸣叫迷失，迟到，
已经是秋天
一个天使出现。

致诺瓦利斯① (第一稿)

神圣的陌生人，安眠在水晶般的泥土里，
一个神祇从他幽暗的嘴里获取悼词，
当他深陷在自己的花饰里
琴声宁静地消逝
在他的胸膛里，
春天在他面前散播棕榈
仿佛他迈着蹒跚的步履
离开了子夜沉寂的房子。

---

①诺瓦利斯（1772~1801），德国早期浪漫主义诗人，代表作有《夜之赞歌》
（1800）、《圣歌》（1799）等。

忧伤时刻

黑色脚步在秋天的花园
跟随闪现的月亮，
无垠的夜晚沉陷在冻结的墙边。
哦，痛苦的忧伤时刻。

薄暮的房间里，孤独者的烛台闪忽银光，
渐渐熄灭，此时那个人沉思黑暗
石化的头颅在短暂事物上面俯首，

沉醉于酒，夜间的和谐。
耳朵始终跟随
榛树丛中黑鸟温和的悲叹。

隐秘的玫瑰园时刻。你是谁
孤寂的长笛，
冻结的额头俯在幽暗的时间上面。

致魔鬼 (第三稿)

炽热的忧郁，把你的火焰给予这精灵，
叹息的头颅朝着子夜扬起，
在春季清新的绿色山边，
一只温顺的羊羔曾经流血，忍受了
最深的痛苦，然而黑暗的人追随
恶的阴影，要不然他朝着太阳金色的圆盘
抬起他那潮湿的翅膀，然后一阵钟声
击碎他被痛苦撕裂的胸膛，
狂热的希望，火红的秋天里的黑暗。

夜色吞没了红色面庞

夜色吞没了红色面庞，
在荒芜粗糙的墙边，
一具幼稚的骨架在醉汉的
阴影中摸索，破碎的笑语
在酒里，闪烁着忧郁，
幽灵的痛苦——石头缄默
睡者的耳里
天使的蓝色嗓音。被遗弃的光。

还乡

当黄昏呼吸金色的安眠
在森林和阴沉的牧草场前面
一个沉思的生命就是人,
一个居住在羊群朦胧的沉寂中的牧羊人,
紫叶山毛榉的耐心,
因为秋天如此清晰地来临。山边
孤独的人聆听鸟的飞翔,
聆听隐秘的意义,死者的阴影
更加浓重地聚集在他上面,
木樨草凉爽的气味让他战栗不已,
村民们的棚屋,接骨木丛,
那孩子过去就居住在那里。

这些褐色屋椽保存
回忆,被埋葬的希望,
大丽花在那上面凋萎,
因此双手争取它们,
在褐色小花园里闪烁的脚步,
被禁锢的爱,黑暗的岁月,
泪水从蓝色眼睑流下,
那陌生人无法遏止。

露水从褐色树冠上滴落,
此时,那个人在山边唤醒蓝色猎物,

聆听渔夫在黄昏的
水塘边高声呼喊
聆听蝙蝠畸形的鸣叫，
然而在金色的沉寂中
寓居着那陶醉的心灵
它充满庄严的死亡。

白日梦 （第三稿）

情侣们路过那充满
惬意芳香的灌木树篱。
黄昏时，快乐的客人
从薄暮的街上来到这里。

小酒馆花园，栗树在沉思。
潮湿的钟声渐归沉寂。
一个少年在溪畔歌唱
——那寻找黑暗的火焰

哦，蓝色的寂静！耐心！
当万物繁盛之时。

夜晚也给予无家可归的人
温和的勇气，
深不可测的黑暗，
沉醉在酒里的金色时辰。

赞美诗

沉寂，仿佛盲人正在秋天的墙边倒下，
用荒废的额头倾听渡鸦的飞翔，
秋天金色的寂静，在闪忽的阳光下，父亲的面容。
黄昏时分，古老的村庄腐朽在褐色橡树的安宁中，
铁匠铺的红色锤击，一颗跳动的心。
沉寂，在翻飞的向日葵下面，少女把紫青色的眉毛
隐藏在迟钝的手里。闯入死亡的目光的
恐惧与沉寂，充满微暗的房间，老妇
蹒跚的脚步，那在黑暗中慢慢熄灭的紫色嘴唇的飞逝。

缄默而沉醉的黄昏。从低矮的屋梁上
掉下一只夜蛾，被埋在浅蓝色睡梦中的仙女。
庭院中，农场雇工宰杀羔羊，血液的美妙芳香
遮蔽我们的眉毛，水井幽暗的凉意。
垂死的紫菀的忧郁，在悲伤里迟迟不去，风中金色的嗓音。
当夜幕降临，你用衰退的目光看着我，
你的面颊在蓝色的寂静中化为灰尘。
一朵野草之火如此悄然地熄灭，黑色小村在山谷里渐渐寂静
仿佛十字架要从卡瓦利①的蓝色小山上降临，
缄默的大地要驱逐它的死者。

---

①古代耶路撒冷城外的一座小山，耶稣在此被钉于十字架上而蒙难。

颓势 (第二稿)

哦，在永恒的秋天里
神圣的重聚！
花园栅栏旁边
黄玫瑰脱落花瓣，
极度的痛苦
融化成一颗隐秘的泪水，
哦，妹妹！
这个金色的日子多么宁静地结束。

生命的季节

精神中更纯洁的野玫瑰
在花园栅栏边隐约地闪烁；
哦，安详的灵魂！

凉爽的葡萄叶片中
水晶般的太阳在享受盛宴；
哦，宁静的纯洁！

一个老人用高贵的双手
奉献成熟的果实，
哦，爱情的扫视！

向日葵

你们金色向日葵
向死亡深深地俯身，
你们谦卑的姐妹
在如此的沉寂中
山中凉意的
赫利安的岁月结束了。

于是他沉醉的额头
在那些忧郁的
金色花朵间
被吻得渐渐苍白
沉寂的黑暗
统治那个精灵。

哦，夏季的黄昏多么严肃

哦，夏季的黄昏多么严肃。
从疲倦的嘴唇
你金色的气息在山谷中
沉落到牧羊人的居所，
沉落到树叶下面。
一只秃鹰在林边抬起
它硬化的头颅——
一只鹰的扫视
在灰云中点燃
夜晚。

栅栏边
红玫瑰发出野性的光亮
绿色波浪中
一个恋爱的生命炽热
一朵褪色的玫瑰。

散文四篇

4 Prose Pieces

梦境

一个插曲

有时，我必须再度追忆那些安宁的日子，对我来说，它们追溯了一种奇妙、幸福、固执的生活，那种我无疑可以享受的生活，就像被仁慈的无名之手赠予的礼物。山谷底的那个小镇被我记忆中的镇子代替，那里有一条明亮的大街，一条椴树林荫道横越而过；有弯曲的侧街，街上充满了家庭小商店和手工艺店忙碌而秘密的生活；还有那镇子广场中心的古老喷泉，在阳光下如梦似幻地喷洒，黄昏时，绵绵的爱情絮语回响在那喷涌的水里。然而，这镇子似乎在梦着往昔的生活。

温和起伏的山丘，覆盖着肃穆的、沉寂的枞树林，把山谷与外面的世界隔离开来。山峰轻柔地依偎在遥远的、充满光芒的天空上，在天空与大地的这种接触中，宇宙似乎成了家园的一部分。在这样的感觉中，人们的身影突然朝我走来，他们的生活在我面前逝去，很少有悲伤和快乐，而对于自己的悲伤和快乐，他们则会毫不掩饰地相互倾诉。

我在这偏僻之地生活了八周。对于我，这八周就像生活中一个独立而唯一的单元，这种生活的一切，都充满了不曾说过的青春欢乐，充满了对遥远而美丽事物的强烈渴望。在这里，我那男孩的灵魂初次找到了对于深刻经验的印象。

我再次看见自己是一个学校男生，在一间面对着小花园的小屋里，在某种程度上，那里远离镇子，隐蔽地坐落在灌木丛和树林后面。我正是在那里生活过，住在一个阁楼房间里，那里面装饰着奇妙的褪色的绘画，多少个傍晚，我在寂静中做梦，而寂静，用一种孤寂吸收了我那自负的、傻傻的幸福的男孩子的梦幻，接收了它们和我，而后来，它又常常在孤寂的薄暮时刻，把我归还给我自己。黄昏时，我也常常下楼去看望我那年迈的叔父，他整天待在他的女儿玛丽娅身边。我们会一起在那里默默坐上三个时辰。微温的晚风从窗口吹进来，把各种混乱的噪音吹到我们的耳朵里面，投下一个梦幻般的模糊影像。空气充满了强烈而又令人陶醉的芳香，那是盛开在花园栅栏边的玫瑰散发出来的。夜晚慢慢爬进房间，然后我起身，道一声晚安，走向我在楼上的房间，在窗边再度过一个时辰，做梦到深夜。

起初，我在那生病的女孩旁边感到压抑而焦虑，她对噪音的反应，从受到恫吓的胆怯，上升到不祥的、被麻痹的苦难。当我看见她处于这种状态，我就被那种她肯定快要死了的感觉压倒了。然后，我害怕看着她。

白天，我漫游树林，在孤寂和寂静中感到如此愉快。疲倦的时候，我就在青苔上伸开四肢，数个时辰躺着，对明亮而闪耀的天空眨眼，让自己能深深地看见天空深处，陶醉于深沉而陌生的欢乐情感，然后，我突然想起生病的玛丽娅，我困惑地站起来，然后漫无方向地到处漫步，被不明确的念头所征服，在那让我想哭泣的大脑和心灵中，感到枯燥的压迫感。

常常在傍晚，我沿着弥漫着椴树花香的肮脏大街行走，看见一对对情侣站在树荫中低语，我看见两个人紧紧依偎在一起，仿佛慢慢融为一体，融入那在月光下微弱喷洒的喷泉，一阵炽热而不祥的战栗压倒了我，因为生病的玛丽娅突然出现在我的脑海。然后，对难以解释的事情的渴望悄悄攫住了我，我突然看见自己与她手挽着手，愉快地走在芳香的树荫下。玛丽娅的黑色大眼睛闪耀着强烈的光亮，月光依然让她瘦小的脸显得更苍白，更透明。然后，我逃向我的阁楼房间，倚靠在窗台上，仰望那深暗的蓝天，天上的群星分裂成碎片，直到熄灭，很多个时辰，我都把自己放弃给令人困惑而深不可测的梦幻，直到入睡。

然而，我与生病的玛丽娅不曾说过十句话。她一言不发。但我在她身边坐了数个时辰，凝视她受苦的病容，一次次认为她肯定就要死去。

花园中，我躺在草丛上，吸入一千朵花的芳香。我的眼睛陶醉于花朵灿烂的色彩中，那些花朵充斥着射下来的阳光，我谛听风的寂静，仅仅被一声鸟鸣打断。我意识到了那肥沃的、酷热的泥土内部的神秘，生命永恒而秘密的骚动。那个时刻，我隐隐感到了生命的伟大和美。也是在那个时刻，我感到了这种生命似乎属于我。但然后，我的凝视落在房子的凸窗上。我看见生病的玛丽娅闭着眼睛，静静地坐在那里。我所有的沉思都再次被这个人的苦难扭曲，并留在那里——变成一种痛苦的、公开承认羞怯的怀念，让我窘困，迷惑。我胆怯而默默地离开了花园，仿佛我没有权利逗留在这座圣所里面。

只要我沿着栅栏行走，我就会摘下一朵刺鼻的、令人炫目的红色大玫瑰，就像那些在记忆中散发出浓郁芳香的玫瑰。于是，我产生了一种假设去悄然穿透窗户的强烈欲望，因为我在窗户中看见了玛丽娅脆弱的、颤抖的身影在沙砾小径上分离。我的影子与她的影子接触，仿佛在拥抱。我仿佛被缚于短暂的强制性冲动，踏上窗户，把那朵我刚采来的玫瑰放在玛丽娅的裙兜里。然后我悄悄离开，仿佛害怕被当场捉住。

这件似乎对我如此重要之事的小小过程，多么频繁地重复！我不知道。对于我，仿佛是我把一千朵玫瑰放在了生病的玛丽娅的裙兜里，仿佛是我们的影子拥抱了一千次。玛丽娅从没提起这件事，然而，从她那明亮的大眼睛的闪烁中，我感到她为此很幸福。

也许这些时辰是我们两人坐在一起，默默分享着一种强烈的、悄然的、深沉的幸福，这种幸福如此美丽，以致我无需再渴望任何更美的东西。我年迈的叔父默默地允许我们这样交往。然而有一天，当我与他一起，坐在花园里明灿的繁花中间，我们头上梦幻般地飘飞着硕大的黄蝴蝶，他用平静而关切的嗓音对我说："我的孩子，你的灵魂要受苦。"他那样把手放在我头上，似乎想再说点什么。但他却保持沉默。也许是他也不知道他在我内心唤醒了什么，也不知道是什么力量从那一天起就在我的内心有力地复活了。

有一天，当我再次踏上玛丽娅一如既往地坐着的窗户，我在她脸上看见了死亡般僵硬的惨白。阳光在她那温柔的、脆弱的身形上轻轻掠过，她那松开的金发在风中翻飞，在我看来，她似乎不曾被病魔击倒，仿佛她可能会没有什么明显的原因就死了——一个谜。我把最后一朵玫瑰放在她手里。她握着那朵玫瑰走向坟墓。

　　玛丽娅死后不久，我就去了城里。然而，对那些阳光灿烂的平静的日子的回忆，在我内心栩栩如生，也许比在这喧嚣混乱的现时中还要生动。我再也不会把目光投向山谷底的那个小镇——是的，我回避再次造访那里，我并不认为我能那样做，即便如此，我也时时被对往昔的那些永远年轻的事物的怀念所攫住，因为我知道，我只会徒劳地寻找消逝得无影无踪的东西，我再也不会找到那在我的记忆中栩栩如生的东西——就像此时此地——和那用毫无意义的痛苦来充满我的东西。

巴拉巴①

一个白日梦

那么，这发生在完全相同的时刻，那时，他们引领着耶稣基督走向各各他②——他们处决强盗与杀人犯的地方。

这发生在完全相同的伟大而炽热的时刻，在他完成自己的工作的时候。

这发生在完全相同的时刻，一大群人喧闹着穿过耶路撒冷的街道——杀人犯巴拉巴就在人群中迈步，他挑衅地高昂着头。

他的四周，簇拥着服饰华丽的妓女，她们的嘴唇涂得鲜红，她们的脸涂脂抹粉，她们伸手抓他。他的四周，簇拥着目光带着醉意和邪恶的人们。但他们所有的言语中都潜藏着肉欲的罪孽。他们的手势的堕落，表达了他们的思想。

很多遇见这个喝醉的队列的人，都汇入并大喊："巴拉巴万岁！"他们都大喊："让巴拉巴活着！"也有人高喊"和撒那③"。然而，他们却痛打这个人——因为仅仅在几天前，他们还对这个犹如国王一般进入镇子的人呼喊过"和撒那"，还把新鲜的棕榈枝铺撒在他经过的路上。但今天，他们铺撒的是红玫瑰，还欢欣地大喊："巴拉巴！"

当他们经过一座宫殿，他们能听到琴弦的弹奏声、盛大欢宴的喧闹声和笑声。这座房子外面，一个身着节日盛装的青年在踱步。他的头发因为涂抹了香油而微微闪烁，他的身体因为涂上了最珍贵的阿拉

---

①《圣经》所记载的一名犹太死囚，但经祭司长等人怂恿，民众要求赦免此人而处死耶稣。

②耶稣被钉死的地方。

③《圣经》中用来赞美上帝之语。

伯油膏而香气四溢。他的眼睛因为盛宴的欢乐而露出愉快的神色，他嘴上的笑容因为他的情人的亲吻而显得淫荡。

当那青年认出巴拉巴，便走上前来以这样的方式说：

"哦，巴拉巴，进入我的房子吧，你将斜倚在我最柔软的靠垫上，哦，巴拉巴，我的女仆将给你的身体涂上最珍贵的甘松香。一个少女将在你的脚下用鲁特琴弹奏出最美妙的旋律，我将用我最珍贵的杯子为你奉上我热情的美酒。我将把我最奇妙的珍珠放进酒里。哦，巴拉巴，今天做我的客人吧——今天我的情人将属于我的客人，她比春季的黎明还要可爱。哦，巴拉巴，请进吧，在这个日子，戴上玫瑰花环尽情欢愉吧——而那头颅被戴上刺藜之冠的人必须死去。"

那青年这样说了之后，人们对巴拉巴呼喊，巴拉巴像胜利者一般走上大理石台阶。那青年取下自己头上戴着的玫瑰花环，戴在杀人犯巴拉巴的头上。

然后巴拉巴跟着青年进了房子，同时街上的人们一片欢悦。

巴拉巴斜倚在最柔软的靠垫上；女仆给他的身体涂上了最精美的甘松香；他的脚下，一个少女奏响柔和的琴声；他的大腿上，坐着那青年比春季的黎明还要可爱的情人。笑声回响——客人们陶醉在无法想象的愉快之中，他们都是耶稣基督的敌人和鄙视者——伪君子和祭司们的仆从。

在一个特定时刻，那青年要求客人们安静下来，所有的喧闹都停息了。

然后，那青年给自己的金杯斟满最精美的酒，在这个容器中，酒变得就像发光的鲜血。他把一颗珍珠扔进杯中，将酒杯奉献给巴拉巴。然而，他紧握着一个水晶杯，对着巴拉巴举起来：

"拿撒勒人①死了！巴拉巴万岁！"

大厅里面的所有人都在欢呼着叫喊：

"拿撒勒人死了！巴拉巴万岁！"

街上的人都大声叫喊：

①巴勒斯坦北部古城的居民，多为基督徒，此处指耶稣。

"拿撒勒人死了！巴拉巴万岁！"

突然，太阳熄灭了，大地的根基摇晃，一种怪物般的恐惧穿透了世界。所有生物都颤抖起来。

在这个完全相同的时刻，拯救的工作完成了。

抹大拉的玛丽亚①

一场对话

耶路撒冷的城门外面。黄昏正在降临。

阿加顿②：到我们回城的时候了。太阳西沉了，天色正在城市上空渐
渐暗下来。四周已经很寂静了——可是马塞勒斯③，你为
什么不回答呢，你为什么茫然若失地盯着远方呢？

马塞勒斯：我只是在想，在那外面的远方，大海正在怎样冲刷这个国
家的海岸；我在想，远在大海那边，那永恒而神圣的罗马
城怎样朝群星升起，在那里，天天都有节日庆典。而我在
这里，站在异国他乡的土地上。我记得这一切。然而我忘
记了。现在也许是该你回城的时候了。天色正渐渐暗淡。
黄昏降临时，有一个少女在城门等待阿加顿。别让她等
待，阿加顿，别让她等待，你的恋人。我告诉你，这个国
家的女人非常奇怪，我知道，她们都充满了谜语。别让她
等待，你的恋人；你永不能断定可能会发生什么。可怕的
事情在一瞬间就可能发生。你绝不应该让这个时刻流逝。

阿加顿：你为什么要这样对我说呢？

马塞勒斯：我只是在想，如果她——你的恋人美丽，那么你就不该让
她等待。我告诉你吧：美丽的女人是永远无法解释的。女

---

① 《圣经》中恶魔缠身的妓女，后来耶稣从其身上驱除七个恶魔，因此从良，变
成圣女。
② 作者在这篇文章中虚构的人物。
③ 作者在这篇文章中虚构的人物。

人的美是谜语。人们永远不能看透她。人们从不知道美丽
的女人会是什么，或者她被迫要做什么。阿加顿，就是这
样的！哦，我告诉你——我知道一个女人。我知道一个女
人，还看见了我永远看不透的东西。没人能看透它们。我
们永不能看到这些事物的本质。

阿 加 顿：你看见发生了什么？求求你告诉我吧！

马塞勒斯：好吧，那我们就继续谈谈吧。也许，我可以不为自己的话
语和想法颤抖而交谈的时刻到来了。（他们慢慢沿路返回
耶路撒冷。他们四周一派沉寂。）

马塞勒斯：这一切都发生在一个炎热的夏夜，那时，某种狂热的东西
潜藏在空气中，月光让感官眩晕。于是我看见了她。那是
在一个酒馆里面。她在那里跳舞，在一块珍贵的地毯上赤
足跳舞。我以前从未见过有哪个女人像这样更优美、更令
人陶醉地跳舞，她的身体节奏在我内心产生了奇异的、幽
暗的梦幻形象，因此我的全身震撼于灼热的激动，颤抖不
已。对于我，仿佛是这个女人在舞蹈中玩弄着看不见的、
珍贵的、秘密的东西，仿佛她在拥抱没人看见的神一般的
生命，仿佛她在亲吻那也渴望着迎向她的嘴唇的红唇，她
的动作最令人心醉神迷，仿佛她被爱抚给制服了。她似乎
看见了我们没看见的东西，她在舞蹈中跟它们嬉戏，在她
身体的难以置信的狂喜中品味它们。或许，她在把自己的
嘴唇递给精美的、甘甜的果实，甩动头颅时吮吸着炽热的
酒，她思慕着向上凝视。不！我不能领会，可这一切都奇
怪地活生生地存在着——就在那里。然后，她伏倒在我们
脚下，脱去了衣服，仅仅用飘散的头发来覆盖身体。仿佛
夜色聚集在她的头发里面，现在让她的身体躲开我们的目
光。然而她放弃了自己，把她那奇妙的身体放弃给任何想
要它的人。我看见她爱过乞丐和普通人，王子和国王。她
是最重要的名妓。她的身体是一个感官享乐的容器，全世
界再也没见过比她的身体更可爱的了。她的生活只属于愉

悦，当无数玫瑰投掷在她身上，我看见她狂欢时陶醉地跳舞。然而她伫立在玫瑰的光辉之中，犹如一朵刚刚才盛开的花，独特，令人愉快。我看见她用花环给狄俄尼索斯①的雕像加冕，看见她像拥抱自己的情人一般拥抱那冰冷的大理石，用她燃烧的狂热之吻让她爱的那些人喘不过气来。——然后一个人来了，他经过，一言不发，没有手势，穿着一件苦行者或忏悔者贴身穿的那种刚毛衬衣，脚上沾着灰尘。他经过，看着她——又离开了。她用目光跟随他，她的动作凝固了——她走啊，走啊，跟随那或许用目光召唤了她的奇异的先知，跟随他的召唤，伏倒在他的脚下。她在他面前谦卑恭顺——如仰望神祇一般仰望他，像他周围的人那样侍奉他。

阿 加 顿：你还没有说完。我感到你还要说什么呢。

马塞勒斯：我再也不知道什么了。不！可是有一天，我听说他们要把那个奇异的先知钉死在十字架上。这是我们的比拉多②总督告诉我的。于是我想出城，赶赴各各他。我想去看他，看见他死去。也许我会弄清楚一个神秘事件。我想注视他的眼睛，他的眼神可能对我说过话。我相信说过。

阿 加 顿：可是你还是没去啊！

马塞勒斯：我在赶往那里的路上，但又返回了。因为我感到我会在那里遇到她，她跪在十字架前，对他祈祷，等待他最后的气息消逝，入迷。于是我就折身返回了。我脑海里还是一片黑暗。

阿 加 顿：可是那个奇异的人呢？——不，让我们别谈这件事了！

马塞勒斯：阿加顿，对于这件事，让我们保持沉默吧！我们对此无能为力——但是，阿加顿，看看吧，多么奇怪而幽暗的光正从云层间散发出来。你会认为有一片火海在云层后面熊熊

①希腊神话中的酒神。
②下令钉死耶稣的古代罗马总督。

燃烧。神圣的火焰！天空犹如一口蓝色的钟。仿佛人们可以听见它用深沉、庄严的音调在鸣响。你甚至会怀疑在那上面，在我们的上面，在无法企及的高处，某种我们永不会了解的事情正在发生。但是，当那种辽阔无垠的沉寂降临到大地上，我们就时时能感觉到它。然而，这一切都非常令人困惑。众神不得不为我们人类提出无法解答的谜语。大地并不将我们拯救于众神的诡计，因为大地也充满了让感官混乱的事物。事物和人类两者都让我困惑。当然是这样！事物非常缄默！人类的灵魂不会放弃它的谜语。你询问它，它就保持沉默。

阿 加 顿：我们想生活，而不是提问。生活充满了美。

马塞勒斯：有很多我们永不会了解的事情。是的！那就是遗忘我们了解的事情会让人愉快的原因。那就够了！我们几乎达到了自己的目标。看吧，我们的街道多么空寂荒芜，你再也看不见人。（一阵风声响起。）那是一个嗓音在告诉我们说我们不该仰望群星。保持沉默吧。

阿 加 顿：马塞勒斯，看吧，田野上的玉米仁立得多么高。每根茎都朝着大地俯首——结满了累累果实。光辉的收获日将会来临。

马塞勒斯：是的，喜庆的日子！欢宴的日子，阿加顿，我的朋友！

阿 加 顿：我将和拉结①穿越田野，穿过那结满累累果实、被祝福的田野！生活的欢乐！

马塞勒斯：对的！你青春的喜悦。青春即是美。我适合在黑暗中散步。可是在这里，我们要分路了。你的恋人在期待你回去——我，在夜晚的沉寂中散散步吧。再见，阿加顿！今夜将是美丽之夜。一个人可以久久地徜徉在野外。

阿 加 顿：还可以凝视群星——朝着那辽阔的宁静凝视。我将欢乐地前行，赞颂美。那就是人们尊崇自己和众神的方式。

马塞勒斯：像你所说的那样做吧，你会做得正确的！再见，阿加顿！

---

① 《圣经》中雅各的妻子，约瑟夫和本杰明的母亲。

阿 加 顿：（若有所思地）我只希望再问你一件事。你一点也不要因
　　　　　为我问你这件事而想什么。告诉我，那个奇异的先知叫什
　　　　　么名字？
马塞勒斯：你知道他的名字又有什么用呢！我忘记了他的名字。但
　　　　　是，不，我想起来了，我想起来了，他的名字叫做耶稣，
　　　　　他是拿撒勒人。
阿 加 顿：谢谢你！再见！马塞勒斯，愿众神向你微笑！（他离去。）
马塞勒斯：（陷入沉思）耶稣！耶稣！他是拿撒勒人。（他慢慢沉思着
　　　　　前行。夜幕降临了，无数星星在天上闪耀。）

荒芜

1

再也没有什么能打破荒芜的沉寂。在阴沉古老的树端，云朵飘过，被映照在那如同无底深渊闪耀的绿光蓝的湖水中。静止不动，仿佛沉入了悲哀的顺从之中，静谧的水面歇息——日复一日。

在这宁静的湖泊中心，一座城堡用锋利而摇摇欲坠的塔楼和屋顶指向天宇。野草在黑色残墙上疯长，阳光从阴云密布的圆窗上弹回来。鸽子在黑沉沉的庭院中四处飞翔，在墙缝中寻找庇护所。

它们似乎总是害怕什么东西，因为它们胆怯地匆匆飞过窗口。下面的庭院中，一座喷泉发出暗淡轻柔的飞溅声。干渴的鸽子们不时从一个青铜喷泉盆里饮水。

穿过城堡狭窄肮脏的通道，一丝沉闷的狂热气息飘荡，使得蝙蝠们惊骇地振翅飞起。再也没其他什么打破这深沉的寂静。

然而，一个个大房间都因为覆满灰尘而发黑。高高的，光秃秃的，结着霜，堆满了被遗弃的物品。有时，一丝细微的光线刺破那阴云密布的窗户，黑暗再次将那光线吞噬殆尽。在这里，往昔已经死了。

在这里，它在某个时刻硬化成了唯一被扭曲的玫瑰。时间漫不经心地经过它的空虚和无形。

荒芜的沉寂渗透万物。

2

再也没有人能进入公园。树枝被锁在千倍的拥抱中，整个公园不过是一个单独的巨大活体。

在树叶编织成的巨大华盖下面，永恒的夜晚沉甸甸的。最深的沉寂！空气渗透了腐朽的发霉的蒸气！

然而，这公园有时从它不安的梦中被惊起。然后，它散发出对凉爽的星夜的回忆，对它暗中监视狂热之吻和拥抱的深深的隐秘之地的回忆，对月亮变幻出黑色背景上的困惑影子时，充满炽热光辉和荣誉的夏夜的回忆，对那些温文尔雅，动作充满节奏，在它那树叶的华盖下散步的人的回忆，那些相互喃喃说出美妙的、疯狂的话语和露出精致而迷人的笑容的人。

然后公园再次沉陷到自己死亡般的沉睡之中。

水上，摇晃着紫叶山毛榉和枞树的影子，从湖泊深处，一声悲伤的，被压抑的喃喃低语升起来。

天鹅划过微光闪烁的水面，慢慢伸长纤细的脖子，一动不动，僵硬。它们围绕着那死去的城堡继续滑行！日复一日！

湖畔，暗淡的百合花在过分鲜艳的草丛中生长。它们投在水面上的影子，比它们本身还要苍白。

当这些东西消逝，其他东西就从深处长出来。它们就像死去的女性的小手。

巨大的怪鱼，长着目不转睛的玻璃般的眼珠，它们围绕暗淡的花朵游弋，然后再次潜入深处——无声！

荒芜的沉寂渗透万物。

3

伯爵坐在那崩溃的高塔的房间里面。日复一日。

他用目光追随那在树端上光辉而纯洁地飘过的云。在夕阳西沉时，他乐于从黄昏的云层中看见发光的太阳。他聆听空中的每一个声音，聆听一只飞过塔楼的鸟儿的鸣叫，或者聆听风在城堡周围扫掠时发出的共鸣的爆裂声。

他看见那个公园怎样躺在枯燥的沉睡中，还观察天鹅在城堡周围游弋时划过闪光的水面。日复一日。

水面有一层绿光蓝的光泽。然而，云朵飘浮在城堡上空时，被映照在水中，它们投在水面上的影子有一种纯洁而明亮的微光，与云朵

欧美诗歌典藏

本身的微光一样。睡莲像死去的女性的小手召唤他，它们在悲伤的幻想中，对着静悄悄的风声而摇曳。

那可怜的伯爵俯视着围绕着他渐渐死亡的一切，就像一个受到某种灾难威胁的被迷惑的小孩，他再也没有力气去生活，如同早晨渐渐缩小的阴影。

他仅仅聆听他的灵魂的小小的、悲哀的旋律，消失了的往昔！

当黄昏降临，他点亮古老的发黑的灯盏，从厚重的发黄的书本中阅读往昔的伟大和光荣。

他带着一颗狂热而共鸣的心阅读到现在，他并不属于现在，渐渐消失。然后那往昔的影子起身——犹如巨人。他过着这种生活，他的祖先的奇妙而愉快的生活。

某些夜晚，暴风雨在塔楼周围猛然冲击，因此墙壁的根基震颤，鸟儿们在他的窗外惊恐地尖叫，伯爵被一种莫名的悲哀所征服。

灾难重压在他那精疲力竭的古老灵魂上。

他把脸紧贴在窗上，注视外面的夜晚。于是，万物在他看来似乎都硕大无朋，如梦似幻，幽灵一般，而且可怕！他听见暴雨狂怒着穿过城堡，仿佛要扫除所有死去和消失的东西，将它们消散在风中。

然而，当夜晚困惑的影子像被唤起的阴影渐渐寂灭——荒芜的沉寂就再次渗透万物。

生活与创作大事年表

A Chronology

1887年：2月3日14:30分，特拉克尔出生于奥地利萨尔茨堡。父亲是事业发达的小五金商人。在家庭中，特拉克尔排行第五。2月8日，在萨尔茨堡的基督教堂接受洗礼。

1891年：妹妹玛格丽特（格蕾特）出生。她经常出现在特拉克尔的诗里，并且成了他唯一的爱的源泉。

1892年：秋天，特拉克尔开始上小学。

1893年：特拉克尔一家搬到更宽大的居所——上面为居住区域，下面为父亲开的小五金店。

1897年：秋天，特拉克尔开始在一个人文中学就读，结识了一些校友，其中一些人与他成了终生好友。

1901年：特拉克尔重读四年级。

1904年：初次尝试写诗，成为一个叫做"阿波罗"（后来大约在1906年更名为"密涅瓦"）的诗歌俱乐部成员。

1905年：被迫重读一级之后，离开中学。初次尝试吸毒。9月18日，到"白天使"药房学习药剂学实践课程。

1906年：3月31日，他创作的一幕戏剧《万灵节》在萨尔茨堡城市剧院首次公演。5月12日，他的散文《梦境》发表在《萨尔茨堡人民报》上。9月15日，他的戏剧《海市蜃楼》在城市剧院初次公演，但效果不佳。然后，特拉克尔将两个剧本毁了。

1907年：其作品继续经历危机。同时，他对毒品更加依赖。

1908年：2月26日，特拉克尔的第一首发表的诗《晨歌》出现在《萨尔茨堡人民报》上。9月20日，药剂学实践课程结束。10月5日，进入维也纳大学学习药剂学，同时，妹妹格蕾特在维也纳音乐学院学习钢琴。

1909年：特拉克尔将这一年之前写的诗汇集成一个小集子——

《1909年的集子》，波德莱尔、兰波和其他诗人的作品给予他新的诗歌刺激。7月17日，特拉克尔取得药剂学学习初级考试证书。10月17日，得益于小学校友厄尔哈德·布什贝克的推荐，他的《奉献》《完成》《经过》等诗作发表在《新维也纳杂志》上。

1910年：在新的抒情诗上获得突破。6月18日，特拉克尔的父亲去世，特拉克尔一家从此开始家道中落，面临经济问题。7月25日，特拉克尔获得药剂学硕士学位。夏末，妹妹格蕾特到德国柏林学习钢琴。10月1日，工作于维也纳的奥地利军队医疗部门。

1911年：特拉克尔压抑感增加，过量使用毒品。9月30日，在军队医疗部门的工作结束。10月15日至12月20日，受雇于萨尔茨堡"白天使"药房，任药剂师。12月1日，被任命为军事医疗助理（军衔为少尉）。

1912年：3月，《欢乐的春天》一诗发表在维也纳的《呼喊》上。4月1日，开始在因斯布鲁克卫戍部队医院任助理药剂师。5月1日，得益于朋友的推荐，《焚风中的郊区》一诗发表在因斯布鲁克的文学刊物《煤气灯》上。这份杂志的出版人路德维希·冯·费克尔开始发表特拉克尔的最新作品，并很快成为他的导师和朋友，把自己的家提供给特拉克尔当庇护所。此外，特拉克尔还与《煤气灯》杂志的其他编辑或作家——如卡尔·罗克、马克斯·冯·埃斯特勒、卡尔·克劳斯、阿道夫·卢斯、卡尔·波罗米欧斯·海因里希等人成为朋友。7月17日，妹妹格蕾特在德国柏林嫁给了书商阿瑟·兰根。10月1日，基于对他的工作的积极评价，特拉克尔在因斯布鲁克卫戍部队医院得到升迁。11月30日，为了在维也纳公共事务部得到一份实习会计的工作，特拉克尔转入预备役。12月31日，开始在维也纳公共事务部做实习会计。

1913年：1月1日，特拉克尔请求辞去实习会计一职。此后，他反复努力，试图获得更合适的职位，致使他在萨尔茨堡、维也纳和因斯布鲁克之间奔波。2月1日，父亲创办的小五金店关闭。4月，由于费克尔的推荐，特拉克尔收到德国莱比锡的库尔特·沃尔夫出版社的邀请，出版其第一部诗集《诗》，这部诗集在当年7月发行。8月下旬，特拉克尔与卡尔·克劳斯、阿道夫·卢斯夫妇和费克尔等友人前往维也纳旅行。12月10日，在因斯布鲁克举行他一生中唯一一场公开朗诵晚会，《煤气灯》杂志主要作家、诗人出席了朗诵晚会。

1914年：2月27日，在费克尔的建议下，著名哲学家路德维希·维特根斯坦准备从基金中捐献出两万克朗，资助特拉克尔的创作，但由于随后爆发的第一次世界大战，特拉克尔未收到这笔钱。3月6日，第二部诗集《塞巴斯蒂安在梦中》的手稿送往库尔特·沃尔夫出版社。3月，旅行到柏林，看望因为流产而遭受痛苦的妹妹格蕾特，并与德国女诗人埃尔西·拉斯克尔·许勒相遇。8月24日，开始在奥地利军队中任军医。9月，格罗代克战役后，特拉克尔独自一人治疗近百名重伤士兵，精神几近崩溃，试图举枪自杀，在同伴的阻止下才未遂，10月7日，被带到波兰克拉科夫卫戍部队医院观察精神状况。10月25～26日，费克尔去看望特拉克尔，成为最后一个看见特拉克尔活着的朋友。费克尔建议特拉克尔给维特根斯坦写信，后来当维特根斯坦赶到医院时，特拉克尔已经离开人世——11月3日21:00点，特拉克尔因服用过量的可卡因，引发心力衰竭而去世。11月6日，特拉克尔被埋葬在克拉科夫的拉科维策公墓。

1915年：他最后的诗作发表在《煤气灯》上。1914年送往库尔特·沃尔夫出版社的诗集《塞巴斯蒂安在梦中》正式出版。

1917年：妹妹格蕾特在柏林参加一场聚会后开枪自杀身亡。

1919年：库尔特·沃尔夫出版社推出最初版特拉克尔诗歌全集，由特拉克尔的友人卡尔·罗克编辑。

1925年：10月7日，费克尔安排将特拉克尔的遗体从克拉科夫迁回奥地利因斯布鲁克，众多友人和当地的仰慕者参加了葬礼。

1939年：特拉克尔的朋友厄尔哈德·布什贝克与萨尔茨堡的奥托·缪勒出版社出版特拉克尔青年时代的诗作，题为《从金杯》。

20世纪50年代：德国和美国文学界重新发现特拉克尔的诗歌及其价值。

1969年：萨尔茨堡的奥托·缪勒出版社出版特拉克尔诗歌和书信集，这个集子具有历史叙述性和评论性，由瓦尔特·基利和汉斯·斯克莱纳尔编纂。